AF200450

Violetta & Annetta

Jan Otrysko

Violetta & Annetta

Die welche vom Weg abgekommen waren.

Bibliografische Information der Deutschen
Nationalbibliothek:
Die Deutsche Nationalbibliothek verzeichnet diese
Publikation in der Deutschen Nationalbibliografie;
detaillierte bibliografische Daten sind im Internet über
http://dnb.dnb.de abrufbar.

Covermotiv: Adobe Stock / © Fresh Stock
Umschlagdesign, Herstellung und Verlag:
BoD – Books on Demand, Norderstedt

ISBN: 978-3-7504-3403-5

Außerhalb historischer und allgemein bekannter Fakte ist ein Zusammenhang mit lebenden Personen nicht vorgesehen.

Die Protagonisten sind literarische Personen, aber leben in einer realen Welt. Aus diesem Grund tragen sie echte Bekleidung, fahren mit tatsächlichen Autos, Züge und so weiter.

Der Autor hat ohne kommerzielles Interesse die Waren und Leistungen gewählt.

Allen Kranken ist das Buch gewidmet.

Motto:

„Ich war so dumm und arrogant zu glauben,

ich wäre ein harmloser Gelegenheitstrinker

und hätte meinen Alkoholkonsum jederzeit im Griff.

Das ist Selbstbetrug, den sich jeder Alkoholiker vorgaukelt.“

Elizabeth Rosemond Taylor

(häufig auch: „Liz“ Taylor), 1932-2011.

US-amerikanisch-britische Schauspielerin.

Ein Zitat des Koran:

„Wisset, dass Allah streng straft und dass Allah verzeihend und barmherzig ist."

[Koran 5:98] [VLW 1.]

1. Erster Akt

1.I.

Stille,

Stille und Dunkelheit,

Ruhe,

Dunkelheit.

Nur kleine LED-Lämpchen auf den Wänden beleuchten den Raum. Oberhalb der Türe hängen kleine grüne Schilde mit einem Symbol von einem Kerlchen auf der Flucht. Aber niemand will weggehen. Alle sitzen und schauen in den Zentralpunkt der Bühne. Aus dem tiefen Orchesterkanal vor der Bühne kamen nur einzelne Lichtstrahlen.

Plötzlich kamen die Töne von den Geigen und danach spielte das ganze Orchester eine ruhige Musik. Der Vorhang hebt sich. Auf die Bühne kam Violetta Valéry und Doktor Grenvil.

„La Traviata" von Giuseppe Verdi begann. [VM 4.]

Violetta Valéry ist eine Edelprostituierte und lebt von der Unterstützung von Baron Douphol. Die Kurtisane genießt das Leben voll. Sie mag Partys, Gesellschaft von jungen Männern, Champagner und gutes Essen. Sie vergisst, dass sie sterbenskrank ist.

Auf die Party kommt auch ein junger Mann, Alfredo Germont. Alle spielen und lachen. Es kam die berühmte Arie „Trinklied" („Brindisi") von der Oper.

ALFREDO
Auf, schlürfet in durstigen Zügen
den Kelch, den die Schönheit
kredenzt:
die flüchtigen Stunden entfliegen.
Drum fröhlich die Stirne bekränzt.
Empfindet das himmlische Leben,
denn Liebe ist höheres Leben.
Ist himmlische, selige Lust!

(auf Violetta zeigend)
Den Kelch, den die Schönheit
kredenzt.
Der Liebe erschalle ein Hoch!
Die Liebe, sie lebe hoch!

ALLE
Der Liebe erschalle ein Hoch!
Die Liebe, sie lebe hoch!

VIOLETTA (erhebt sich)
Wer fröhlich das Leben genießet,
der ist mir willkommen als lieber
Gast;
denn was nicht dem Frohsinn
entsprießet,
ist Torheit und drum mir verhaßt.
Wir wollen der flüchtigen Wonne,
so lange sie blühet uns weihn,
sie sei unser Licht, unsere Sonne
und strahle dem trauten Verein.
Wer fröhlich das Leben genießet,
der ist mir willkommen als lieber
Gast.

[VLW 2.]

1.II.

In der vierten Reihe des Opernhauses auf den Plätzen 110 und 111 saßen Annetta und Thomas. Annetta trug ein klassisches schwarzes Minikleid mit Rundhalsausschnitt und kurzen Ärmel von ‚Patrizia Pepe' Haus. Dazu zog sie schwarze Leder-Pumps von ‚Anna Field'.

Auf Annetta macht die Oper einen sehr starken Eindruck. Sie weiß ganz genau, wie gefährlich ein sorgenfreies, aber alkoholvolles Leben gefährlich sein kann.

Annetta und Thomas sind 31 Jahre alt. Seit 5 Jahren sind sie verheiratet. Vor vier Jahren hatte Annetta eine geschlossene Therapie für Alkoholiker und seitdem ist sie trocken. Sie hatte nie geraucht. Thomas hatte vor vier Jahren einen schweren Schlaganfall, aber dank neurologischer und gefäßchirurgischer Intervention ist sein Zustand wieder in guter Verfassung und Thomas kann weiterarbeiten. Freiwillig trinkt und raucht er nicht. Von Beruf ist Annetta wieder Lehrerin und unterrichtet Mathematik. Thomas ist ein Architekt und arbeitet im Team, welches die großen Objekte, wie Sportstadien, Wolkenkratzern oder Theater gestaltet. Bis jetzt ist die Ehe Kinderlos.

1.III.

Die Party auf der Bühne hat ein rasches Tempo. Alle singen:

ALLE
Auf, füllet die Becher! Es schalle
der Jubel,
die Freude vertreibe die Nacht;
des Liedes Begeisterung werde
dem Morgen entgegengebracht.

VIOLETTA (zu Alfredo)
Nur Heiterkeit würzet das Leben!

ALFREDO (zu Violetta)
Für den, der Liebe nicht kennt. ...

[VLW 2.]

Für die kranke Violetta ist es plötzlich zu viel. Ihr wird schwindelig und sie war bleich. Sie musste sich auf den Boden hinsetzen.

ALFREDO
Seid ihr leidend?

ALLE
So sagt, was ist Euch?

VIOLETTA
Ein Zittern ergreift mich.

[VLW 2.]

Nach ein paar Minuten fühlte sich Violetta besser.

VIOLETTA
Es geht mir besser.

[VLW 2.]

Aber Alfredo warnte:

ALFREDO
O denkt an Euch selbst,
schont doch Euer Leben,
das mir so teuer ist.

VIOLETTA
O, könnt' ich ein neues Leben...

ALFREDO
Wenn Ihr erst mein wäret, ich würde in treuer
Sorge über Euch wachen, behutsam Euch schützen.

[VLW 2.]

1.IV.

Fünf Jahre früher war Annetta 26 Jahre alt. Es war Anfang Juli. Der Sommer hat vor zwei Wochen begonnen. Die Tage waren warm und lang. Einmal in der Woche am Nachmittag oder in der Nacht kam ein Gewitter. Die Pflanzen und Bäume konnten gut blühen. Annetta hat gerade ihre Masterarbeit in der Mathematik abgeschlossen. Annetta hatte vor, ab dem neuen Schuljahr Mathematik im Gymnasium zu unterrichten.

Sie lebte als Single. Sie hatte eine hübsche schlanke Figur mit wohlgeformten Beinen, halbkuppelförmige Brüste mit schönen Brustwarzen. Ihr Sex-Appeal sah beim ersten Eindruck sehr attraktiv aus. Annetta hatte sehr viele Kontakte mit Studienkameraden, aber eine dauerhafte feste Beziehung wollte mit ihr keiner eingehen.

Trotz ihrer Schönheit kümmerte sie sich nicht um ihren Körper. Ihre Nägel wurden sehr oft unregelmäßig geschnitten, mit veraltetem Nagellack bemalt, ihre Haare hatten keine schöne Frisur. Sie kümmerte sich auch nicht um ihre Bekleidung. Am meisten trug sie eine Jeanshose und Pulli, gelegentlich Röcke.

Ihr Problem war Alkohol. Schon am Anfang des Studiums hat sie mit einem regelmäßigen Konsum von Bier und Wein angefangen. Als Studentin war sie sehr fleißig, jedoch jede freie Zeit nutzte sie für Partys und Alkoholkonsum. Als Verhütungsmittel trug sie eine hormonelle Spirale. Wegen des Alkoholkonsums war ihr Sexualleben nicht attraktiv. Sie war sehr passiv, schläfrig und ihre Partner konnten sich nur physikalisch befriedigen. Am Folgetag konnte sie sich sehr oft nicht erinnern, mit wem sie schlief und manchmal hatte sie ein paar Verkehre in der Nacht. Schon am Ende des Studiums, Annetta hat kapiert, dass Alkohol ihr Leben übernimmt und wollte selbst mit dem Problem kämpfen. Sie hatte den Konsum deutlich reduziert, aber mit kompletter Abstinenz konnte sie es sich nicht vorstellen.

Im Sommer hat sie wieder regelmäßig ihren Körper komplett rasiert, im Kosmetikstudio hat sie sich ihre Füße und Hände pflegen lassen. Im ABOUT-YOU-Internetshop hat sie für den täglichen Bedarf eine flache Sandale ‚Mila' von Apple of Eden in Cognacfarbe bestellt, für besondere Anlässe hat sie eine Riemensandale ‚Yasmina' mit hohem Absatz bestellt.

Für die geplante Abschlussparty hat sie von ‚Marie Lund' ein kurzes Kleid mit Neckholder und Rundhalsausschnitt in kaminroter Farbe gewählt. Annetta wollte auch ihre Kondition verbessern und hat sich in dem in der Nähe liegenden McFit-Studio eingeschrieben. Zweimal in der Woche außerhalb eines Krafttrainings machte sie auch eine Body-Balance.

Die junge Mathematikerin wollte ihr Leben ändern. Sie besuchte ihre Hausärztin und hat ihr Blut untersuchen lassen. Das Ergebnis, wie erwartet, war sehr auffällig. Im Blutbild und chemische Biochemie waren typische Veränderungen für chronischen Alkoholkonsum. Die Hausärztin hat mit ihr ein längeres Gespräch durchgeführt und hat ihr eine richtige Therapie für Alkoholiker empfohlen. Sie lehnte zunächst diese Möglichkeit ab und sagte, dass sie wirklich in der letzten Zeit mehr Alkohol getrunken hat. Sie meinte, dass der Alkoholkonsum in einem Zusammenhang mit ihrem Studium und intensiver Arbeit mit der Masterprüfung steht. Sie hat der Hausärztin versprochen, den Konsum, wenn möglich stark zu reduzieren und wollte sich zur nächsten Kontrolle in drei Monaten wieder vorstellen.

Bei der Frauenärztin hatte sie eine neue Spirale implantieren lassen, die Ärztin hat ihr auch eine vaginale Feuchtcreme Vagisan empfohlen.

1.V.

Auf der Bühne während der Party äußerte Alfredo Germont Violetta Valéry eine große Liebe.

Aber Violetta nimmt das nicht wahr, sie lachte nur.

VIOLETTA
Was sagt Ihr? Niemand auf Erden
nahm sich meiner an.

ALFREDO (leidenschaftlich)
Liebt Euch denn kein Mensch auf
der Welt?

VIOLETTA
Niemand?

ALFREDO
Ich ausgenommen!

VIOLETTA
Ach, freilich, ich habe Eure große
Liebe nur vergessen.

ALFREDO
Ihr lacht... und die Stimme Eures

Herzens?

VIOLETTA
Mein Herz, wer fragt danach...
Was kümmert's Euch?

ALFREDO
O hörtet Ihr seine Stimme, dann
könntet Ihr nicht
scherzen..

[VLW 2.]

Violetta wollte als Prostituierte, dass Alfredo sie vergisst. Von der anderen Seite wollte sie sich von Alfredo nicht ganz trennen und gab ihm aus ihrem Dekolleté eine Blume. Sie sollten sich wieder treffen, wenn sie verblüht wird ist.

Annetta hörte die Oper mit großer Aufmerksamkeit. Sie analysierte aus dem Zuschauerraum ihr Leben, und fand viele Analogien zwischen Violetta und ihr.

1.VI.

Annetta saß bereits eine halbe Stunde im bekannten Studentenklub und wollte ihren Abschluss des Studiums feiern.

Trotz ihres schönen Outfits wollte niemand mir ihr den Abend verbringen. Ab und zu winken ihr alte Freunde zu, aber keiner wollte näherkommen. Sie dachte, ich habe wahrscheinlich ein Grippesyndrom. Jeder hatte mich schon. Sie hatte gerade ein zweites großes ,Gaffel Kölsch' bestellt.

In den Club kam Thomas. Thomas studierte Architektur an der Technischen Hochschule Köln und sollte nächstes Jahr seine Masterarbeit verteidigen. Ursprünglich stamme er aus Dortmund, wo seine Familie wohnte. Er besuchte den Club selten, nur bei einem Familienbesuch.

Ganz schnell hatte er seine Aufmerksamkeit auf Annetta gelegt. Ihre schönen Beine und das Kleid sahen sehr attraktiv aus. Er hatte Eindruck, dass Annetta einsam ist. Er kam mit entschlossenen Schritten zu ihr und fragte nett:

>>Ich heiße Thomas. Darf ich den Platz nehmen? <<

Annetta hat teilnahmslos und automatisch beantwortet:

>>Ja, bitte. Ich heiße Annetta. <<

Sie schluckte ein bisschen Bier und fragte:

>>Warum kommst Du eigentlich zu mir? Wir kennen uns doch nicht. <<

>>Ja, ich kenne hier wenige Leute, denn ich studierte Architektur in Köln. Um ehrlich zu sagen: Du machtest auf mich einen sehr netten und attraktiven Eindruck. <<

Annetta schluckte Bier und schaute auf ihn etwas in spottender Weise. Thomas sagte lachend:

>>Ich weiß, was Du denkst. <<

>>Ja, bestimmt? Du bist sehr mutig, Du kennst mich nicht, aber Du weißt, was ich denke? <<

>>Ja, ich glaube, ich bin im gleichen Alter wie Du, deswegen kenne ich die Mentalität von unserer Generation. <<

Annetta war sehr neugierig, hatte ihre Beinposition gewechselt und fragte etwas lachend:

>>Bitte sag mir, was ich genau denke <<

>>Okay. Ich sage es Dir ehrlich, aber ich erwarte danach auch eine ehrliche Antwort von Dir. <<

>>Ja, bitte, ich bin einverstanden. <<

>>Du dachtest, da kommt wieder einer von hundert jungen Männern, welcher seine sexuelle Spannung

ableiten wollte, Er wird ein bisschen über dummes Zeug reden, wie zum Beispiel: Oh, Du siehst so gut aus, hast so schöne Brüste und Deine Beine und Schuhe sind so schön. <<

Annetta sagte:

>>Du hast recht, Du machst auf mich einen solchen Eindruck. Und was erwartest Du eigentlich von mir? <<

>>Also zunächst: statt Reden will ich mit Dir Tanzen. Bitte komme mit mir auf das Parkett. <<

Gerade lief der alte Standard von Chubby Checker „Let's Twist Again". [VM 2.]

Der Tanz war sehr intensiv. Sie waren sehr glücklich. Seine Atemfrequenz und Puls hatten sich deutlich beschleunigt. Annetta trank bereits einen Liter Bier und sagte zu Thomas:

>>Entschuldigung, ich muss kurz zur Toilette. Bestellst Du was zu trinken. <<

>>Kein Problem. <<

Als Annetta zurückkam, standen auf dem Tisch zwei Becher mit grünem Tee und zwei Gläser mit Apfelsaft mit Pfefferminz von ‚Tymbark'.

Annetta fragte etwas enttäuscht:

>>Was hast du eigentlich bestellt? <<

>>Warmen grünen Tee und Apfelsaft mit Pfefferminz. <<

Sie dachte, oh mein Gott, nur ich konnte solches Glück haben. Heute ist meine Studienabschlussfeier und der Geck hat mir grünen Tee und Apfelsaft bestellt. Thomas merkte, was sie dachte. Aber er nahm freundlich seinen Becher mit dem Tee, stieß gegen ihren Becher und sagte lustig:

>>Prost! <<

Annetta nahm aus Höflichkeit auch ihren Becher und schluckte ein bisschen Tee. Die Flüssigkeit war warm, aber nicht zu heiß. Der Tee floss vom Hals bis zum Magen und machte einen sehr guten, inneren Eindruck. Annetta war sehr locker bekleidet: kurzes, dünnes Kleid, keinen Büstenhalter. Ihr Körper war schon ein bisschen abgekühlt. Plötzlich merkte sie, wie die Wärme im Magen vom Blut übernommen wurde und mit Gefäßen bis in die Zehenspitzen zu spüren war. Sie bekam ein sehr gutes Gefühl. Dann dachte sie, der Tee war keine so schlimme Idee.

In dieser Zeit legte Thomas seine rechte Hand auf ihre linke Hand und spielte mit ihren Fingern. Annetta hatte sehr schöne Hände. Die gepflegten Nägel mit rotem

Lack, ganz sanfte Haut. Er fühlte auch eine angenehme Wärme ihres Körpers.

Thomas fragte:

>>Bist du jetzt mit deinem Studium fertig? <<

>>Ja, genau. Heute ist meine Abschlussparty. Ich habe Mathematik studiert. <<

>>Und welche Pläne hast du jetzt? <<

>>Ich hatte mich noch nicht fest entschlossen. Mein Professor wollte mich als Assistentin in seinem Lehrstuhl behalten. Aber eigentlich will ich Mathe im Gymnasium unterrichten. Ich will Lehrerin sein. Und wie sieht es bei dir aus? <<

>>Ich muss noch ein Jahr Architektur in Köln studieren. Ich miete da eine kleine Wohnung. <<

>>In welchem Typ von Architektur bist du engagiert? <<

>>Ich habe meine Pläne noch nicht konkretisiert, aber ich mag große Formen wie Sportobjekte, große Bürogebäude, Krankenhäuser, irgendwo in diese Richtung will ich mich in der Zukunft entwickeln. Als Hobby fotografiere, zeichne ich gerne und höre gute Musik. <<

Annetta betonte.

>>Du tanzt sehr gut. Wir kennen uns nicht, aber du hast den Tanz sehr gut geführt. <<

>>Danke, das kommt wahrscheinlich wegen großer Erfahrung mit der Musik. Ich habe ganz viele Musikwerke gehört und erkenne gut Rhythmus und Klima des Werkes. <<

Der Apfelsaft mit Pfefferminz war sehr erfrischend, sodass die Perzeption von Annetta nach dem Bier wieder in Ordnung war.

Es lief sentimental Standard von Bonnie Tyler "Total Eclipse of the Heart". [VM 3.]

Thomas stand auf und sagte:

>>Bitte, tanze wieder mit mir. <<

Sie waren schon auf dem Parkett und dann kamen die Lyrics:

Turn around ...

[VLW 3.]

Thomas umarmte Annetta und wollte, dass sie ganz nah an ihm bleibt. Aber für sie war das zu wenig. Sie hat die Umarmung verengt, sodass ihr Körper und

Thomas' Körper miteinander sehr guten Kontakt hatten. Ohne BH haben ihre Brüste sich bequem verteilt und Thomas fühlte sehr gut ihre steifen Brustwarzen.

Es kamen die Wrote:

And I need you now tonight...

[VLW 3.]

Annetta war zufrieden. Das erste Mal seit längerer Zeit fühlte sie sich nicht vereinsamt. Entsprechend mit dem Tempo drehen sie sich um. Thomas massierte zart ihre Ohren und Nacken.

Annetta dachte intensiv:

„Was soll ich machen, dass der Mann nicht plötzlich gute Nacht sagt und nach Hause geht. Sie wollte ihn näher kennenlernen und dachte nicht unbedingt nur über Sex."

Gleichzeitig dachte Thomas:

„Eine ganz schöne, nette Frau. Ich will sie gerne kennenlernen, aber wie soll ich das machen, dass sie nicht aufgescheucht wird."

Das Lied kam zum Ende. Thomas küsste spontan ihr Gesicht und sagte:

>>Danke schön. <<

Annetta war nett überrascht. Beide kamen an den Tisch und tranken weiter grünen Tee.

1.VII.

In der Oper kämpfte Violetta mit ihren Gedanken. Die Liebe von Alfredo war für sie eine große Überraschung. Zurzeit waren nur Freude und Genuss für sie wichtig. Sie hatte sich für keine feste Beziehung engagiert.

Annetta auf dem Zuschauerraum dachte:

„Ich weiß, was du denkst. Damals, als junge Frau, hatte ich auch solche Zweifel. Ich war frei, ich hatte keine Verantwortung, keinen Mann, keine Kinder, aber ich war vereinsamt. Es waren keine guten Zeiten für mich. Ich wollte meine Probleme in Alkohol ertränken. Aber das ist leider so, dass der Alkohol für die Probleme keine gute Lösung ist."

Leider konnte Annetta nicht vom Zuschauerraum Violetta einen Tipp geben. Violetta sang das berühmte Teil „Sempre libera".

Von der Freude Blumenkränzen
sei mein Leben heiter durchzogen;
auf des Jubels lust'gen Wogen
rauschen schnell die Tage dahin.
Jeder Morgen soll als Bote
neue Feste fröhlich künden.

Jeder Abend soll mich finden,
wo die Lust man frei genießet!

ALFREDO (draußen, unter dem
Balkon)
Liebe, ach Liebe, allmächtiges
Gottesherz!...

VIOLETTA
Oh...

ALFREDO
... das die ganze Welt beweget!

VIOLETTA
Ach, Liebe...

ALFREDO
Liebe, die mit Wonn' und sel'gem
Schmerz
jede Brust erreget,
jede Brust erreget mit sel'gem
Schmerz.

VIOLETTA
O Torheit, Torheit! O Freude,
Freude.

Von der Freude Blumenkränzen
sei mein Leben heiter durchzogen;
auf des Jubels lust'gen Wogen
rauschen schnell die Tage hin.
Jeder Morgen soll als Bote
neue Feste fröhlich künden,
jeder Abend soll mich finden,
wo die Lust man frei genießet..

[VLW 2.]

Alfredo ist eigensinnig und äußerte weiter seine Liebe für Violetta. Endlich ist Violetta einverstanden und verlässt das Haus des Barons. Sie will nicht mehr als Prostituierte leben und wollte ein neues Leben mit Alfredo beginnen.

Der erste Akt ist zu Ende.

Der Vorhang fällt.

1.VIII.

Im Studentenklub war schon fast Mitternacht.

Annetta und Thomas hatten einen sehr schönen, angenehmen Abend. Sie wussten, dass endlich was passieren muss. Entweder verbringen wir die Nacht zusammen oder jeder geht nach Hause.

Thomas wusste, dass er was sagen muss. Anetta machte auf ihn sehr positiven Eindruck und er fühlte große sexuelle Zuneigung zu ihr. Er nahm Schluck Saft und fragte:

>>Annetta, ich will dich zur Nacht zu mir einladen. Was meinst du? <<

Anetta fühlte eine große Erleichterung. Gott sei Dank! Ich dachte, er ist ein „häufiger" Mann und sagte mir: Vielen Dank, ich kann dir ein Taxi bestellen.

>>Wirklich? Du hast mich nett überrascht. Ich finde dich sehr interessant und intelligent. Ich will dich auch näher kennenlernen. <<

>>Dann gehen wir los. Ich rufe ein Taxi an. <<

Mit dem Taxi haben die beiden Thomas' Wohnung in 15 Minuten erreicht. Thomas besaß eine kleine Wohnung im Mehrfamilienappartementhaus. Es war ein großes Wohnzimmer, kleines Schlafzimmer, relativ großes Bad, separat mit einer Wanne und Dusche, dazu eine offene, relativ große Küche mit separatem Esstisch und ein kleiner Abstellraum.

Mit dem Fahrstuhl fuhren sie in die zweite Etage.

Thomas schlug vor, dass Anetta sofort ins Bad unter die Dusche geht und er bereitet zwei Becher mit Tee vor. Thomas brachte die zwei Teebecher ins Schlafzimmer, zog sich aus und ist mit zwei Badetüchern ins Bad gegangen. Anetta stand schon unter der Dusche. Das 37°-Wasser erwärmte ihren Körper.

Thomas nahm Duschcreme von ‚Dove' und wusch Rücken und Pobacken von Anetta. Anetta fand das sehr angenehm. Sie hatte sehr schönen Körper. Sie war komplett rasiert, nur im Scharmbereich hatte sie einen kleinen senkrechten Streifen mit Haaren.

Der Körper von Thomas sah auch gesund und sportlich aus. Er rasierte auch seinen Brustkorb und seine Beine. Im Scharmbereich hatte er nur kleinen waagerechten Haarstreifen.

Anetta wusch seinen Rücken. Dann sind beide schnell in Richtung Schlafzimmer gegangen. Der Tee schmeckte sehr gut. Thomas schlug vor, dass Annetta auf dem Bauch liegen sollte. Er wollte nicht, dass ihren Körper die Wärme verließ und legte ihr Badetuch auf ihren Rücken. Selbst platzierte er sich im Fußbereich und nahm Körperlotion. Er wollte bei Annetta eine komplette Bodymassage machen.

Thomas nahm eine Bodylotion und fing mit der Massage der Füße an. Annetta hatte sehr gepflegte Füße. Thomas massierte jede Zehe separat. Danach machte er eine Akupressur auf den Fußsohlen. Der Effekt war hervorragend. Die Massage war nicht kitzelig, jedoch stimulierte es das Lustzentrum bei Annetta. Dann massierte Thomas ihre Unterschenkel- und Oberschenkelmuskulatur.

Während des Studiums hat er auch teilweise die Anatomie des Körpers kennengelernt, sodass er genau wusste, wie der Verlauf der Muskulatur ist.

Annetta entspannte sich und träumte. Danach nahm Thomas das Badetuch von ihrem Rücken und schob sich in die Nähe der Po-Backen. Die Massage von Rücken und Wirbelsäule fand Annetta besonders angenehm. Bis jetzt hatte sie ein solches Gefühl nicht erlebt.

Annetta drehte sich auf den Rücken. Die Schwellkörper in der Scheide waren voll. Thomas massierte ihre Brüste. Ihre großen steifen Warzen präsentierten sich sehr reizvoll. Annetta wollte nicht mehr warten und küsste ihn sehr leidenschaftlich.

Der erste Geschlechtsverkehr zwischen beiden war sehr angenehm und intensiv. Nachdem sind beide schnell eingeschlafen.

Samstag war Annetta um 07:00 Uhr wach. Im Juli war zu diesem Zeitpunkt die Sonne schon hoch und das Licht beleuchtete das Schlafzimmer. Sie schlief nackt. Thomas war schon weg. Er hat für sie auf dem Nachtschrank sein gelbes T-Shirt und originalverpackte Badeschuhe von Arena in Größe 39/40 vorbereitet.

Annetta fand das sehr angenehm. Sonst musste sie in ihrem Abendkleid frühstücken. Sie ging in das Badezimmer, in dem großen Spiegel beobachtete sie ihren Körper. Nach der Massage mit der Bodylotion war ihre Haut sehr sanft. Nach der Dusche zog sie ihren Slip, das Hemd von Thomas an und packte die Badeschuhe aus.

Sie kam in die Küche. Auf dem Esstisch lag ein Zettel. Thomas schrieb:

„Guten Morgen, mach Dir Kaffee. Ich mache einen kleinen Einkauf für Frühstück. Bis bald."

Annetta schaute in den Kühlschrank und wollte bereits das Frühstück vorbereiten. Aber zunächst machte sie einen großen Latte Macciato.

Gerade kam Thomas zurück. Er hat frisches Roggenbrot, Butter und Käse gekauft. Er begrüßte Annetta mit intensiven Küssen. Sie sah in seinem gelben T-Shirt lustig aus. Annetta fragte lachend:

>>Hast du im Schrank alle Größen von Badeschuhen? <<

1.IX.

Während der Pause im Opernhaus gingen Annetta und Thomas ins Foyer. Von der Bar haben sie Gläser mit Apfelsaft geholt.

Thomas fragte:

>>Und, wie gefällt Dir „La Traviata"? <<

>>Ich finde das ausgezeichnet, schöne Musik, interessantes Libretto. Ich hatte viele Analogien zwischen meinem Leben und Violettas Leben entdeckt.

Du weißt, ich fühle mich schuldig, dass wegen meiner Alkoholkrankheit deine Gesundheit beschädigt wurde. Thomas sagte:

>>Annetta sag das nicht, es ist alles vorbei. Du bist jetzt eine schöne gesunde, sexy Frau und zwischen uns ist alles in Ordnung. Jede Sucht ist eine Krankheit und du darfst dich nicht schuldig fühlen. Ich liebe dich und ich spüre, dass du mich auch sehr liebst.

Die Pause war langsam zu Ende und die beiden sind zurück in den Zuschauerraum gegangen.

2. Zweiter Akt

2.I.

Der zweite Akt begann mit schöner Musik von Streichinstrumenten.

Violetta Valéry und Alfredo Germont leben seit drei Monaten im Landhaus bei Paris zusammen. Alfredo singt:

> *ALFREDO (Er stellt sein Gewehr*
> *ab.)*
> *Entfernt von ihr ist kein Glück für*
> *mich!*
> *Drei Monde schon entschwanden,*
> *daß meine Violetta für mich*
> *entsagte*
> *den Reizen des Lebens, den*
> *Huldigungen,*
> *die von einem Sklavenschwarme*

ihrer Schönheit geweihet wurden.
Sie mied den Trubel..

[VLW 2.]

Beide sind sehr glücklich. Ihre Liebe und Sexualität sind im höchsten Punkt. Sie verlieren die Realität und vergessen, dass man für alles im Leben bezahlen muss.

ALFREDO

Selige Worte zu mir sie sprach:
„Mein Leben weih ich dir!"
Das tönt mir ewig im Herzen nach
und öffnet den Himmel mir.

[VLW 2.]

Der Zauber platzt, die Musik ändert die Töne.

Aus Paris kam die Zofe von Violetta Annina. Sie berichtete die Wahrheit, dass Violetta nicht viel mehr zu verkaufen hat und bald bleibt sie ohne Geld. Alfredo ist überrascht und böse. Er rechnete nicht damit, dass die Lage eine unerwartete Wendung nehmen wird.

ALFREDO
Was muß ich hören?

ANNINA
Zu teuer wurde uns der Aufwand
hier.

ALFREDO
Und du verschwiegst es?

ANNINA
Man hat mir Schweigen befohlen.

ALFREDO
Befohlen? - Sag, wieviel braucht
Ihr.

ANNINA
Tausend Dukaten.

[VLW 2.]

Alfredo entschloss sich, dass er selbst nach Paris fährt, um das Geld zu besorgen.

2.II

Während des Frühstücks fragte Thomas:

>>Und? Wie hast Du geschlafen? <<

>>Ich glaube gut, weil heute Morgen war ich sehr wach und entspannt. <<

>>Du hast gestern nicht viel Alkohol getrunken und ich glaube, dass Dein Schlafrhythmus nicht zerstört wurde. <<

Annetta nahm den Hinweis von Thomas eher neutral oder leicht unangenehm und sagte:

>>Ich glaube, dass guter Sex ein sehr gutes Schlafmittel ist. <<

>>Du hast recht. Die Nacht mit Dir war für mich auch ein sehr besonderes Erlebnis. <<

Ungewollt schaute Thomas, wie die Brustwarzen von Annetta sich unter dem T-Shirt hervordrückten. Ihre bloßen Beine sahen gut aus. Thomas fragte:

>>Ich habe jetzt Studienferien und Du hast mit der Arbeit noch nicht begonnen. Wahrscheinlich wirst Du ein paar Tage bei mir bleiben. Wir werden zusammen die sonnigen Tage genießen. <<

Annetta trank Kaffee und überlegte. Eigentlich hatte sie keine Pläne und Thomas machte einen sehr guten und seriösen Eindruck. Als Lover konnte er sie auch gut befriedigen.

>>Du bist ein schneller Wettkämpfer. Nach einer Nacht lässt Du mich schon in Deine Wohnung und Dein Leben. <<

>>Eigentlich sind der erste Verkehr und Frühstück schon vorbei. Also fremd bist Du für mich nicht mehr. <<

>>Ich habe keine konkreten Pläne für die kommenden Tage. Also für mich wäre es auch sehr angenehm, mit Dir die Zeit zu verbringen. Aber wir müssen zu mir fahren. Ich brauche ein paar Gegenstände. Mit meinem Cocktailkleid und deinem T-Shirt kann ich nicht viel machen. <<

Annetta kam ins Schlafzimmer und zog wieder ihr Abendkleid an. Sie wohnte nicht weit von Thomas' Wohnung. Beim Fahren sagte Thomas:

>>Es war lustig, als Du mich gefragt hast, ob ich noch mehrere Badeschuhe für die Frauen habe. Also so gut und reich bin ich nicht. Vor einem Jahr war ich mit einer Dame verlobt. Ich wollte mit ihr eine feste Beziehung bilden und dachte, irgendwann übernachtet sie bei mir. Aber sie hatte einen anderen Ritter gewählt. Und die Badeschuhe warteten auf eine andere Dame. <<

>>Darf ich fragen? Was hast Du ein Jahr ohne eine Frau gemacht? <<

Thomas sagte:

>> Nichts Besonderes. ein paarmal hatte ich Kontakt mit Prostituierten und Studienkolleginnen.

>>Weißt Du, was mir bei Männern gefällt? Wenn sie über ihr sexuelles Leben ohne Probleme mit Klartext reden können.

Thomas sagte:

>>Das ist einfach so. Was bringt es, wenn ich lüge, oder nicht ehrlich sage, was ich meine? Wir beide sind schon reife Leute. Wir wissen, wie das Leben und der Körper funktionieren. <<

Sie haben schon die Wohnung von Annetta erreicht. Thomas wollte aussteigen und ihr helfen. Annetta wollte, dass er im Auto bleibt. Sie wusste, dass in der Wohnung sehr unordentlich ist und mehrere leere Flaschen von Bier, Wodka und Wein liegen. In der Spüle waren unsaubere Gläser und Teller, überall lagen ihre Klamotten.

Thomas sagte:

>>Wie Du willst. Auf der Gegenseite der Straße ist ein kleines Café. Ich gehe dort hin und bestelle für mich

Eiscreme und einen Softdrink. Wenn Du zurückkommst, sag mir Bescheid. <<

In der Wohnung hat Annetta die Sachen für eine Woche gepackt: Slips, Strings, T-Shirts, lockere Tops, ein Kleid von Boohoo. Dazu nahm sie ihre flachen Sandalen, Sportschuhe, Jogginghose, Kosmetik, Parfüm, zwei Nagellacke, Nagellackentferner, Hauspantolette, Vagisan-Creme und ein Negligé zum Schlafen. Sie hat auch ihre Dokumente, Portemonnaie und Autoschlüssel mitgenommen. Sie putzte schnell die Wohnung. Annetta traf sich zusammen mit Thomas in der Nähe seines Autos. Thomas sagte:

>> Meine Wohnung hat zwei Stellplätze. Ich schlage vor, dass Du dein Auto auch mitnimmst, dann würdest Du mehr Freiheit haben. Zum Beispiel wenn Du zum Friseur oder zum Kosmetikstudio fahren willst. <<

>>Das ist eine gute Idee. <<

Annetta fuhr mit seinem Auto. Zu diesem Zeitpunkt wusste sie noch nicht, dass sie ein neues Leben begonnen hat.

2. III.

In der Oper steigt die Dramaturgie. Während des Aufenthalts Alfredos in Paris, wurde Violetta von seinem Vater besucht. Er ist sehr unzufrieden, dass sein Sohn eine Beziehung mit einer jungen Prostituierten hat. Er meinte, dass die Frau seinen Sohn finanziell missbraucht. Aber Violetta bewies ihm, dass eigentlich die Romanze von ihr finanziert wird.

GERMONT
Er will Euch seine Güter
schenken.

VIOLETTA
Bis jetzt hat er es nicht gewagt -
Ich würde sie nicht
nehmen..

[VLW 2.]

Trotzdem erwartet der Vater, dass Violetta sofort die Beziehung mit Alfredo beendet und ihn verlässt, für Ewig verlässt.

VIOLETTA
Ah, ich verstehe, nur für kurze Zeit
soll Alfredo mich verlassen; auch
das
wird schwer, wird schmerzlich für
mich sein.

GERMONT
Das ist nicht alles.

VIOLETTA
Himmel, was verlangt Ihr?
Hab' ich nicht genug Euch
zugestanden?

GERMONT
Es genügt nicht -

VIOLETTA
Wollt Ihr, daß ich auf immer, für
alle Ewigkeit ihm

soll entsagen?

GERMONT
Ich verlang' es.

VIOLETTA
Nein, niemals.
Ihr kennet nicht mein Lieben,
wie es glühend mich beseelt.
Hab keine Freunde, keine Eltern
und niemanden, der mit mir lebt.
Alfredo hat mir fest geschworen,
all das zu sein, was ich verlor..

[VLW 2.]

Für Violetta ist das eine sehr dramatische, traurige Situation. Sie ist sehr krank, hat kein Geld und jetzt sollte sie sich auch noch von dem neuverliebten Mann trennen. Der Vater erzählte ihr, das ist notwendig, weil seine Tochter heiraten wollte und wahrscheinlich wünscht sich seine Familie nicht, dass ihr Bruder eine Beziehung mit einer Prostituierten hatte. Für Violetta ist das eine bittere Wahrheit.

Annetta schaute die Oper mit einer großen Spannung. Sie drückte die Daumen und unterstützte Violetta. Sie wollte schreien:

„Violetta, lass Dich nicht vom Alfredos Vater steuern. Das ist dein Leben und deine Liebe zwischen Dir und Alfredo. Es darf nicht sein, dass deine Beziehung mit Alfredo einen Einfluss auf die Ehe seiner Schwester hätte. Sonst wären die Liebe und Verhältnis seiner Schwester nicht viel wert.“

Aber wie alle anderen muss sie schweigen und ruhig bleiben.

Die Aktion läuft weiter.

Violetta hatte eigentlich Verständnis für den Vater von Alfredo und wollte seinen Willen als Bitte, nicht als Befehl erfüllen.

VIOLETTA (weinend zu Germont)
Sagt der Tochter, es wird gelingen,
daß ihrem Glücke das Opfer ich
bringe.
Hab ich den Trost dann mir
erworben,
daß ich als Opfer für sie bin
gestorben.

GERMONT

Weine, weine, oh armes Mädchen -
Ich erkenne
das Opfer, um das ich Euch bitte.
Tief in der Seele fühl' ich Euch
leiden,
doch Euer Herz wird Sieger
bleiben.

[VLW 2.]

Sie schrieb einen Brief für den Baron und zweiten adressiert an Alfredo.

Sie ging zurück ins Baron Douphol und als gute, schöne Kurtisane wurde sie in seinem Haus wieder begrüßt.

2. IV.

Annetta und Thomas genießen das Leben. Das schöne Sommerwetter erleichtert das. Die Sonne macht eine gute Laune. Annetta sieht mit lockerer Sommerbekleidung sehr attraktiv aus. Sie mag kurze Röcke und, wenn möglich, trägt sie keinen Büstenhalter.

Sehr viel reden sie über Kunst, Architektur und Musik. Sie verbringen viel Zeit bei Konzerten, im Theater oder Opern. Essen bereiten sie eigentlich fast immer Zuhause vor.

Nur eine Sache ist für Thomas unklar und verdächtig. Ab und zu findet er kleine leere Flaschen von Wodka oder Bierdosen, welche in der Mülltonne oder im Abstellraum irgendwo versteckt sind. Er weiß nicht, warum Annetta heimlich trinkt.

Anfang August haben die beiden einen kurzen Urlaub in Teneriffa verbracht. Die Reise wurde von Thomas Eltern finanziert.

Annetta machte einen sehr guten Eindruck. Die Eltern waren zufrieden, dass der Sohn eine schöne, seriöse Frau kennengelernt hat, welche schon mit dem Studium fertig ist und bald als Lehrerin arbeiten wird.

Teneriffa ist die schönste und größte Insel auf den Kanaren. Auf Teneriffa gibt es alles, was möglich ist, Sandstrände, Steinstrände, Wälder, Wüste und das höchste Gebirge von Spanien ‚Teide'.

Mit einem Mietauto haben die beiden die ganze Insel kennengelernt. Die Sonne hat Annetta oben ohne oder ganz nackt genossen.

An einem Abend hat Annetta viel Wein während des Abendessens getrunken und kam sehr betrunken ins Hotel. Am nächsten Tag fragte Thomas:

>>Was ist gestern passiert, Du warst ganz betrunken? Wir konnten keinen Sex machen. <<

Annetta war sehr böse und aggressiv. Mit schlechter Laune hat sie geantwortet:

>>Was ist los mit Dir? Du denkst nur an Sex und deinen Penis. Und meine Wünsche sind nicht wichtig für dich. Hast Du noch zu wenig Sex mit mir? Was meinst Du, bin ich eine Maschine? <<

Thomas war überrascht von ihrer Aussage, aber dachte, wahrscheinlich von seiner Seite war es auch nicht ganz korrekt.

>>Entschuldigung, ich dachte nur über unsere Partnerschaft nach. <<

Annetta hat sich auch beruhigt und sagte:

>>Entschuldige meinen Ton, aber siehst Du, ich habe Ferien, ich wollte auch das Leben genießen. Kann sein, dass ich zu viel getrunken habe, aber manchmal kann jeder die Kontrolle verlieren. Du trinkst gar nicht und für dich ist jede Menge Alkohol zu viel. Sei nicht böse, heute wird ein angenehmer Abend. <<

Nach dem Abendessen machten sie einen Stadtbummel. Annetta schlug vor, dass sie ein Geschäft mit Frauenwäsche und Strumpfhosen besuchen will.

>>Ich möchte Reizwäsche kaufen und brauche deinen Rat. Das muss auch Dir gefallen. <<

Thomas fand das sehr interessant. Die beiden haben einen transparenten Kimono in dunkelblauer Farbe gewählt, einen sehr sparsamen BH und einen attraktiven String. Dazu in der Drogerie kaufte Annetta einen dunkelblauen Nagellack. Sie kamen früher ins Hotel. Annetta hat ihre Nägel mit dem neuen Lack lackiert. Nach der Dusche kam Thomas ins Bett. Annetta blieb noch kurz im Badezimmer. Sie zog ihre neue Wäsche an. Das transparente Material betonte ihr Sexappeal. Sie lag auf der rechten Seite neben Thomas Körper und platzierte ihre Brust auf dem Brustkorb von Thomas. Mit der linken Hand massierte sie seinen Bauch. Mit dem linken Fuß massierte sie den Unterschenkel von Thomas.

Thomas fühlte sich sehr gut. Er küsste Annetta. Sein Glied schwellte. Annetta wollte heute ein bisschen anders den Verkehr gestalten. Sie dreht sich auf die 69-Position. Der Orgasmus war bei beiden sehr stark.

Am nächsten Tag am Strand nahm Thomas den Fotoapparat und machte ganz viele Bilder von der Natur und von Annetta. Als Fotomodell hatte sie keine Erfahrung, aber Thomas konnte ihr sehr gut helfen. Die Bilder wurden in mehreren Varianten gemacht, stehend, sitzend, liegend, topless und im Badeanzug.

Während des Mittags haben die beiden auch über ihre Zukunft geredet. Thomas fragte mit klarem Text:

>> Wie gefällt dir das Leben mit mir? Wir kennen uns sehr kurz und über große Liebe wollte ich nicht reden, denn das wäre nicht ehrlich. Aber ich merke eine sehr starke Neigung zu Dir und ich glaube, dass ich mich in der Zukunft mit dir Verloben möchte. <<

Annetta sagte:

>>Ich fühle für Dich mehr als Freundschaft, ob es Liebe ist, das ist schwer zu definieren. Wir müssen uns weiter besser kennenlernen. <<

Thomas schlug vor, dass sie zu ihm nach Köln zieht, wo er noch studieren musste, und Annetta eine Arbeit im Gymnasium sucht. Lehrer sind überall gesucht.

Annetta empfand das als eine gute Idee. Thomas betonte, dass er von den Eltern noch stark finanziell unterstützt wird, also er will nicht auf dem Geld von Annetta hängen. Annetta sagte,

>> Wenn wir zusammenleben werden, werde auch ich bei der Miete und Verpflegung natürlich teilnehmen. <<

Nach dem Urlaub zog Annetta nach Köln und bewarb sich als Mathelehrerin.

2. V.

Seit einem Jahr wohnte Annetta zusammen mit Thomas. Thomas hat mit sehr guten Noten sein Studium beendet. Er hat auch eine gute Arbeit im Architektur Büro bekommen. Annetta arbeitete seit einem Jahr als Mathelehrerin. Sie übte ihren Beruf mit großer Freude aus und wurde von den Schülern sehr geschätzt.

Zu diesem Zeitpunkt planen sie keine Kinder. Als konfessionslose Leute haben sie Standesamtlich geheiratet. Die beiden Familien haben sich kennengelernt und alle waren sehr glücklich.

Thomas hat sich bei der Arbeit auch gut etabliert. Der Architekt war ein sehr guter Visionär und hatte immer originelle Ideen. Aus diesem Grund wurde er sehr schnell als ein Projektant in seinem Büro geschätzt. Die Ehe war wie ein Traum.

Am Anfang war der Alkoholkonsum bei Annetta mäßig, jedoch ab und zu trank sie unerwartet sehr viel und musste sich bei der Arbeit krankmelden. Thomas merkte, dass es nicht normal ist und wollte ihr eine Suchttherapie anbieten.

Annetta lehnte das ab und seine schwache Seite kompensierte Thomas mit gutem Sex. Trotzdem war

Thomas nicht glücklich und wusste, dass es sehr gefährlich ist.

Immer wieder sprach Thomas über Kinder und wollte auch nicht ewig in einer gemieteten Wohnung leben. Als Architekt wollte er für seine Familie ein eigenes Haus planen.

Annetta wusste, dass für die Schwangerschaft ihr Alkoholkonsum sehr gefährlich wird. Aus diesem Grund lehnte sie die Möglichkeit ab. Sie hatte Hoffnung, dass sie irgendwann von allein trocken wird.

Mit der Zeit hatte Thomas immer mehr Arbeit im Büro. Für seine Ehe war das eine Katastrophe. Wenn Annetta einsam zu Hause war, trank sie mehr, war öfter krank, kümmerte sich nicht um die Sachen wie Waschen, Essen.

Leider war Thomas ratlos. Seine Therapievorschläge wurden immer wieder sehr unangenehm abgelehnt.

2. VI.

Die Dramaturgie in der Oper steigt weiter. Alfredo ist sehr böse, dass Violetta ihn verlässt. Er wusste nicht den Grund, warum sie ihn verlassen hat, und dachte, dass sie wieder ein bequemes Leben bei Baron Douphol verbringen wollte.

Sein Vater versuchte den Sohn zu beruhigen.

ALFREDO
Von Violetta! Doch warum so
verborgen?
Vielleicht soll ich ihr schleunigst
folgen -
Ich zittere! O Himmel! Doch Mut
jetzt!
(Er öffnet den Brief.)
„Mein Alfredo, wenn du diese
Zeilen empfängst..."
(Erschreit auf:)
Ah!
(Germont tritt vom Garten herein.
Sich umdrehend
sieht er seinen Vater und wirft sich
in seine Arme.)
Ah, mein Vater!

GERMONT
Mein Sohn!
O wie du leidest! Trockne deine
Tränen
kehr' zum Vater und den Freunden
zurück.
(Verzweifelt setzt sich Alfredo an
den Tisch und stützt
den Kopf in die Hände.)
Hat dein heimatliches Land
keinen Reiz für deinen Sinn?
Wer zerriß das schöne Band,
das dich zog zur Heimat hin?
Schwebt nicht deiner Jugend Bild
durch den Traum in stiller Nacht?
Hast du niemals dankerfüllt
an das Vaterhaus gedacht?
O folge mir!

[VLW 2.]

Die Szene wechselte sich und die Aktion läuft im prachtvoller Floras Salon in Paris.

Bei Unglück in der Liebe hatte Alfredo Glück beim Kartenspiel und gewann ganz viel Geld.

ALFREDO
Ein Vierer!

GASTONE
Schon wieder gewonnen.

ALFREDO
Unglück in der Liebe bringt stets
Euch Glück im Spiel.
(Er setzt und gewinnt wieder.)

ALLE
Und immer bleibt er Sieger.

ALFREDO
Ich werde stets gewinnen
und ganz mit Gold beladen
zum seligen Vergnügen
nach Hause kehren..

[VLW 2.]

Bei der Party traf er Violetta. Die Kurtisane begleitete Baron Douphol.

Alfredo wollte im Zorn den Baron im Duell töten.

Er beleidigte auch Violetta und warf ihr das Geld vor ihre Füße. Er wollte sie bezahlen für ihr Sexualleben, welches sie mit ihm im Landhaus verbracht hatte.

ALFREDO
Alles, was diese Frau besaß,
gab sie für meine Liebe hin.
Ich Feiger, Blinder, Elender
nahm's um mein Herz zu stillen.
Noch ist es Zeit genug!
Ich werde frei sein von den
Banden.
Ihr seid Zeugen, daß ich
zurückgezahlt,
was ich ihr je geschuldet.
(Mit zorniger Verachtung
schleudert er eine Geldbörse
vor Violettas Füße. Violetta fällt in
Ohnmacht. Bei
seinen letzten Worten tritt sein
Vater ein.).

[VLW 2.]

Die Gäste und Alfredos Vater waren empört. Germont tadelte seinen Sohn.

ALLE
Schändliche Tat, die du begangen!
Ein armes Herz hast du so
gebrochen.
Du frecher Beleid'ger der Frauen,
entferne dich, nur Schrecken
erregst du!
Geh, geh, nur Schrecken erregst
du!
Du frecher Beleid'ger der Frauen,
usw.

GERMONT
Verachtung trifft den der sich
vergißt,
den, der im Zorne ein Weib
beleidigt.

Mein Sohn? Ich kenne dich nicht
mehr.
Du bist nicht mehr mein Alfredo.

[VLW 2.]

Violetta ist sehr krank. Sie konnte das nicht mehr aushalten und verlässt für ewig das Haus von Baron Douphol.

Die Oper prägte auf Annetta sehr starke Emotionen aus. Sie ist blass und traurig. In den Füßen fühlte sie Kälte, obwohl im Opernhaus es gar nicht kalt war.

Sie dachte:

„Wie viele Missverständnisse und Tragödien konnten wir in unserem Leben vermeiden, wenn die Leute ruhig und ehrlich miteinander reden. Die Fakten, die Wahrheit sind immer besser als die besten Lügen."

Sie erinnerte sich, als Thomas kurz nach ihrer Hochzeit über ihren Alkoholkonsum redete und ihr eine Behandlung empfehlen wollte. Annetta brachte sich in Erinnerung, wie doof und arrogant sie damals war.

Der zweite Akt endete.

Thomas umarmte Annetta und fragte:

>>Alles in Ordnung? Du siehst blass aus. <<

>>Danke, es ist in Ordnung. Die Musik von Giuseppe Verdi machte auf mich einen so starken Eindruck. <<

Annetta ist glücklich. Beim Leben mit Thomas fühlte sie Sicherheit, Ruhe und Liebe.

2. VII.

Die Alkoholkrankheit von Annetta hat einen kritischen Höhepunkt erreicht. Sie trank täglich von allen möglichen Alkoholsorten: Bier, Wein und Wodka. Aus diesem Grund wurde vor drei Monaten ihr Arbeitsvertrag im gegenseitigen Einvernehmen gekündigt. Vor ein paar Tagen in der Küche hat Thomas ihren Kontoauszug gefunden, wo ihr Dispolimit bereits überschritten wurde. Zwecks höherer Zinsen zu vermeiden, hat Thomas im Online Banking den Debit ausgeglichen.

Bei seiner Arbeit war es auch eine sehr intensive Zeit. Sein Architekt Büro bereitete einen großes Bauprojekt für einen dicken Investor aus Dubai vor. Das Projekt war eine Priorität. Leider bei seinem Teil des Projekts war Thomas verspätet. Bei solchem Stress konnte er sich auch nicht gut konzentrieren und wegen des schlechten Zustands von Annetta konnte er auch nicht länger im Büro bleiben.

Die Ehe war kaputt. Das Sexualleben war weg. Annetta war sehr unhöflich und beschimpfte Thomas wie Arschloch oder Trottel. Thomas biss die Zähne zusammen und probierte sich in die neue Situation zu finden. Um seine Sexualspannung zu lösen, hatte er einen Kontakt mit einer 30-jährigen Prostituierten Barbara begonnen.

Einen Monat vor dem Projektende hatte er ein sehr unangenehmes Gespräch mit seinem Chef.

Der Chef konnte nicht verstehen, was passierte. Bis jetzt war Thomas sehr gut und fleißig. Thomas log, dass er vorübergehende gesundheitliche Probleme hatte, aber jetzt ist alles in Ordnung und mit dem Projekt wird er fertig.

Nach der Arbeit besuchte er Barbara. Wie immer hat er ihre Leistung für eine Stunde gewählt.

Thomas zog sich an und wollte schon weg gehen. Aber ihm ging es nicht gut und Barbara gab ihm ein Glas mit Wasser.

>>Alles in Ordnung bei Dir? <<

Thomas schluckte Wasser.

>>Alles wird gut, ich hatte letzte Zeit zu viel Chaos im Leben. <<

Barbara sagte:

>>Es tut mir leid, ich kann Dein Problem nicht lösen. Die Sexualentspannung ist wahrscheinlich nur der kleinste Teil des Problems. <<

>>Es ist nett, dass Du fragst, aber darf ich Dich auch was fragen? <<

>>Ja bitte. <<

>>Du siehst nicht wie eine typische Prostituierte, also nicht typisch wie ich früher gedacht hatte, aus. Du machst den Eindruck, dass Du eine normale Frau bist.

Barbara lachte.

>>Ich bin doch eine normale Frau! Ich weiß, was Du meinst. Seit sechs Jahren bin ich verheiratet und wir haben einen fünfjährigen Sohn. <<

>>Und Dein Mann verdient nicht genug? <<

>>Doch, er ist ein guter Informatiker. Ich übe den Beruf seit zehn Jahren aus. Er hat mich als Kunde vor ca. sieben Jahren kennengelernt und nach ein paar Monaten regelmäßiger Kontakte hat er sich mit mir verlobt. Am Anfang war ich sehr unzufrieden und wollte, dass er mich vergisst. Zu diesem Zeitpunkt wollte ich frei bleiben. Ich verdiente auch nicht schlecht. Du weißt selbst, dass ich nicht die Billigste bin. Endlich hat mich Markus überzeugt und wir sind verheiratet. Ich durfte weiter meinen Beruf in Teilzeit ausüben, aber ohne Nächte und ohne Feiertage. <<

Thomas sagte:

>>Sehr interessante Geschichte. Ich glaube, Dein Mann ist sehr glücklich mit Dir. <<

Thomas kam nach Hause und Annetta war sehr böse.

>>Wo warst du so lange? Bist du zu Fuß gegangen? Ich habe Hunger! <<

>> Sei nicht so sauer, Du weißt doch, dass ich zurzeit sehr viel Arbeit habe. <<

>>Glaubst Du Arschloch, nur Du und deine Arbeit sind wichtig? <<

Sie nahm zwei Bier und eine Flasche Rotwein, und ging ins Schlafzimmer.

Thomas kochte für sich ein Eintopf aus der Dose. Im Arbeitszimmer bereitete er sein Projekt vor.

Ca. um 21:00 kam er in der Küche und wollte einen Tee trinken. Plötzlich fühle er Kraft- und Gefühlverlust auf seiner rechten Körperseite. Er verlor sein Gleichgewicht und ist auf den Boden gefallen. Er konnte nicht reden. Sein Handy blieb auf seinem Schreibtisch. Thomas hatte Angst und lag auf dem Boden. Mit der linken Hand nahm er das Bein von Hocker und klopfte gegen die Fliesen.

>>Hörst was? <<

Fragte sie ihr Mann.

Beide kapierten, dass jemand von oben klopfte im Morsealphabet SOS.

Ewa sagte:

>>Nimm Hausschlüssel und iPhone. Wir müssen schnell nach oben gehen. Jemand oben braucht Hilfe. <<

Ewa und Jakub kommen in die Nähe der Tür, wo Thomas mit Annetta wohnt. Hier hörten sie deutlich das Klopfen.

>>Wie können wir helfen? Hast du die Telefonnummer von den Nachbarn? <<

Sie klopfen an der Tür, aber Thomas konnte nicht die Tür aufmachen. Annetta schlief.

>>Wir müssen sofort einen Rettungswagen anrufen, da ist was nicht in Ordnung. <<

Ewa schaute die Kontakte im Handy.

>>Guck mal, ich habe die Telefonnummer von Annetta. Ich rufe sie an. <<

Das Telefon von Annetta klingelte im Schlafzimmer. Aber Annetta hörte es nicht. Sie schlief sehr tief.

Nach ein paar Minuten hörten sie den Rettungswagen, welcher mit Sonderrecht kam. Ewa probierte noch einmal anzurufen. Annetta hört endlich das Handy, nahm ab und fragte böse:

>>Wer ist das? <<

>>Da bin ich, Ewa, ihre Nachbarin. Ist alles in Ordnung bei euch? Wir hören, dass jemand in der Küche klopft. <<

>>Bist du bescheuert, wir schlafen! <<

Aber sie bemerkte, dass sie eigentlich allein im Bett ist.

>>Ein Moment, ich schaue ob was passiert ist. <<

Annetta kam in die Küche und sah, dass Thomas auf dem Boden liegt. Sein Gesicht sah schrecklich aus. Die Hälfte des Körpers war gelähmt. Sie hörte, dass Ewa und Jakub an der Tür stehen und lässt sie in die Wohnung eintreten.

Gleichzeitig kam der Rettungswagen. Der Arzt hat schnell Thomas untersucht. Die Diagnose war eindeutig. Thomas hatte einen frischen Schlaganfall und musste möglichst schnell ins Krankenhaus transportiert werden. Annetta stand sprachlos und hatte Tränen in den Augen.

Der Assistent vom Rettungsdienst fragte, ob sie eine Versicherungskarte oder Dokumente vom Ehemann hat. Annetta sagte, dass ihr Mann privat für Chefarzt und Einbettzimmer versichert ist. Die genaue Versicherungsnummer musste sie noch raussuchen. Aus seinem Portemonnaie gab sie dem Assistenten den

Ausweis von Thomas. Er hatte die Personalien schnell abgeschrieben.

Thomas wurde in die Uniklinik für Neurologie gebracht. Die Computertomografie zeigte einen akuten Verschluss der linken Halsschlagader, der größte Teil der linken Hemisphäre wurde schlecht mit Blut versorgt. Thomas musste sofort operiert werden.

Ewa brachte Annetta mit ihrem Auto in die Klinik. Thomas war schon im OP-Saal. Die Ärzte haben ihr geraten, wieder nach Hause zu gehen. Die Operation sollte noch ein paar Stunden dauern und nachdem wird Thomas auf die Intensivstation verlegt. Also heute in der Nacht wird kein Kontakt mit ihm möglich sein.

Annetta und Ewa fuhren zurück nach Hause. Annetta weinte und sagte:

>>Das ist alles meine Schuld. <<

>>Warum meinst Du das? Er ist doch krank. <<

>>Ja, aber er ist krank wegen mir. Ich bin Alkoholikerin und die letzten Monate war ich sehr unangenehm für ihn. Ich habe meinen Alkoholkonsum nicht im Griff. <<

>>Sei beruhigt, Alkoholismus ist eine sehr schwere Krankheit, aber die kann man auch behandeln. <<

3. Dritter Akt

3.I.

Der dritte Akt begann mit sehr trauriger Musik. Violetta ist sehr krank und wurde von ihrer Zofe Annina gepflegt. Dr. Grenvil tröstete Violetta. Aber sie glaubte ihm nicht.

> DOKTOR
> *Faßt Mut, die Genesung*
> *ist nicht mehr fern von Euch.*

> VIOLETTA
> *Ja, diese fromme Lüge*
> *sei dem Arzte verziehen.*

[VLW 2.]

Draußen in Paris feierten die Leute Karneval und die junge Kurtisane musste sterben. Annina wusste auch, dass Violetta tödlich krank ist. Aber sie fragte noch den

Doktor. Bei fortgeschrittener Tuberkulose gab der Doktor Violetta keine Chance.

ANNINA

(Leise, als sie den Doktor hinausbegleitet)

Wie geht es ihr, mein Herr?

DOKTOR

Sie hat nur wenige Stunden noch zu leben.

[VLW 2.]

3.II.

Am ersten postoperativen Tag konnte Thomas von der Intensivstation auf die normale neurologische Aufwachstation verlegt werden. Sein Zustand war stabil. Die Lähmung auf der rechten Seite ist teilweise rückläufig, aber er konnte weiter nicht gut sprechen.

Annetta wollte ihn besuchen. Sie zog kurzen roten Rock ‚Everly' von Hailys und eine gelbe Bluse ‚Emmi' mit kurzen Ärmeln an, und dazu einen in Weiße-Farbe Büstenhalter. Die Sachen hatte sie als Geschenk von Thomas bekommen. Dazu trug sie rote Sandaletten von Gabor.

Sie kam ca. um 11:00 Uhr zur Klinik und wendete sich an die neurologische Station. Thomas als privat versicherter Patient hat ein Einbettzimmer. Die Ärzte haben einen kurzen Besuch erlaubt.

Annetta kam zu ihm. Sie war sehr traurig, aber wollte einen möglichst positiven Eindruck machen. Sie wollte Thomas küssen, aber er hat seinen Kopf weggedreht. Die Frau hat seine Geste verstanden und sagte freundlich:

>>Guten Morgen, Thomas. <<

Zunächst machte er einen sehr neutralen Eindruck. Er wünschte sich ihren Besuch gar nicht. Er konnte nicht reden. Mit dem Kopf und der gesunden Hand zeigte er auf einen College-Block und Bleistift, welche auf dem Tisch lag. Annetta gab ihm die Schreibwaren.

Thomas schrieb mit der linken Hand:

>>Annetta, ich will nicht, dass du als meine Ehefrau bleibst, bitte geh nach Hause, ich will dich nicht mehr sehen. <<

Annetta las den Text und kriegte plötzlich Tränen in den Augen. Aber sie wollte Ruhe bewahren und sagte freundlich:

>>Natürlich Thomas, ich werde alles was du wünscht machen. Ich weiß, dass ich unsere Ehe vor mehreren Monaten schon kaputtgemacht habe und die Scheidung wird einfach den realistischen Zustand legalisieren. <<

Für Thomas war es eine echte Erleichterung. Er war froh, dass Annetta seine Entscheidung problemlos akzeptiert hat.

Annetta nahm etwas Abstand von dem Bett, sodass Thomas ihre ganze Figur sehen konnte. Sie sah sehr attraktiv aus. Frisch gemachte Pediküre und Maniküre mit rotem Nagellack, dazu rote Schuhe, Rock und gelbe Bluse machten einen guten Eindruck.

Annetta fragte noch:

>>Wie geht es Dir? Hast Du noch Schmerzen? Hat die Lähmung etwas nachgelassen? <<

Thomas hat nur kurz geschrieben:

>>Keine Schmerzen, ich übe seit heute. Es ist nicht viel besser, aber es ist eine leicht gute Tendenz. <<

>>Ich erwarte von Dir keine Vergebung, aber mir tut es leid, dass Du krank bist, Du könntest sterben und ich schlief alkoholisiert. Unsere polnischen Nachbarn, Ewa und Jakub, haben deine Signale erkannt und haben die Hilfe gebracht. Du hast schöne Grüße von beiden. <<

Thomas schrieb:

>>Danke.

Du bist krank und das ist nicht deine Schuld. Ich habe mit meiner Arbeit meine Gesundheit kaputtgemacht. Du bist sehr krank und ich bin jetzt eine behinderte Person. Du musst dich auf deine eigene Krankheit konzentrieren und die eigene Gesundheit verbessern. Ich will nicht für dich eine zusätzliche Belastung sein. Aus diesem Grund müssen wir uns trennen. <<

Annetta las das und wollte am ersten Tag nicht so viel diskutieren.

Sie sagte nur:

>>Ich liebe dich, Du wirst nie für mich eine Belastung sein. <<

Sie merkte, dass Thomas schon müde ist und wollte die Visite beenden. Sie kam zu ihm und mit der rechten Hand berührte sie kurz seinen linken Handrücken. Thomas nahm das neutral auf, aber Annetta sah in seinen Augen eine leichte positive Ausstrahlung. Sie dachte, es ist wahrscheinlich eine Chance, dass es sich mit ihrer Ehe noch normalisieren wird.

Sie sagte:

>>Alles Gute, Thomas, auf Wiedersehen. <<

Annetta ging zum Schwesternzimmer. Sie wollte seine Versicherungsdokumente abgeben und hinterließ ihre Telefonnummer, falls es ein notfallmäßiges Ereignis gibt. Sie nahm auch von der Station die Telefonnummer und wollte noch am Abend anrufen.

Annetta hatte vor noch kurz mit dem Chefarzt zu reden und kam ins Chefarztsekretariat. Sie stellte sich vor:

>>Ich bin Annetta, mein Mann Thomas wurde in der Nacht operiert. Ich wollte vom Chefarzt etwas Informationen über seinen Zustand hören. <<

Die Sekretärin sagte:

>>Bitte nehmen sie kurz Platz, ich rufe den Chefarzt an. <<

Sie informierte ihn, dass die Ehefrau von Patient Thomas da ist und wollte eine kurze Information. Die Sekretärin legte den Hörer auf und sagte:

>>Der Chef kommt in 15 Minuten. Darf ich ihnen etwas zu trinken anbieten, Kaffee oder Wasser? <<

>>Das ist sehr nett, ich hätte gerne ein Glas Sprudel. <<

Nach 15 Minuten kam der Chefarzt und hat Annetta ins Büro eingeladen.

>>Bitte nehmen sie den Platz. <<

Er fing ohne ihre Fragen an.

>>Also ihr Mann wurde sofort nach der Aufnahme und Diagnostik operiert. Zum Glück konnten wir die Durchblutung in der linken Halsarterie wieder komplett herstellen. Die Durchblutung im Gehirn wurde gerettet. Aber er ist noch teilweise gelähmt und hat Sprachprobleme. Er braucht eine logopädische Therapie und eine neurologische Rehabilitation. Unsere Sozialarbeiterin sucht schon für ihn einen Reha-Platz. <<

>>Wie lange muss mein Mann im Krankenhaus bleiben? <<

>>Normalerweise nach solchen Operationen werden die Patienten am vierten oder fünften Tag entlassen.

Aber bei ihrem Mann handelt es sich um einen schweren Schlaganfall und er wird wahrscheinlich direkt von der Uni zur Reha verlegt. Das könnte sieben bis zehn Tage dauern. <<

>>Und welche Chancen hat mein Mann, wieder gesund zu sein? <<

>>In diesem Moment ist das noch schwer einzuschätzen, aber die Operation wurde sehr schnell gemacht und die Ischämie Zeit war relativ kurz. Er bekam schon bei uns eine Rehabilitation und die Logopädie Therapeutin ist bereits für morgen bestellt. <<

Annetta stand auf und sagte:

>>Dankeschön für ihre Information. Ich komme morgen auch zu einem kurzen Besuch. <<

Annetta wollte sich verabschieden und weggehen.

Aber der Chefarzt hat gesagt:

>>Nehmen sie bitte noch kurz Platz, ich wollte ihnen noch eine kurze Sache erzählen.

Ich will mich nicht in Ihr Privatleben und ihre Ehe einmischen, aber der Dienstarzt vom Rettungswagen berichtete, dass Sie zu Hause stark alkoholisiert waren und konnten die ganze Situation nicht richtig begreifen. <<

Annetta hat bedacht, dass die Etikette als Alkoholikerin bis ans Ende ihres Lebens bleibt und sagte kurz:

>>Das stimmt, ich habe an diesem Abend etwas zu viel Wein getrunken und bin früher schlafen gegangen. Zum Glück haben unsere Nachbarn das Klopfen von meinem Mann gehört und haben den Rettungswagen mit einem Notarzt herbeigerufen. <<

>>Ich bin nicht in der Lage, ihre Alkoholkrankheit zu bestätigen oder auszuschließen, aber das Problem ist Ihnen wahrscheinlich schon bekannt.

Mein guter Freund ist ein Chefarzt in einer Klinik, welcher die stationäre Behandlung für Frauen und Männer durchführt. Die Klinik ist sehr bekannt und sie haben sehr weit ausgebuchte Termine. Die Behandlung dauert sechs Monate.

Bitte, hier ist die Visitenkarte meines Kollegen. Bei dem Telefonat könnten Sie sagen, dass Sie den Kontakt von mir bekommen haben. Ich glaube, Sie sind bei ihrem Ehemann auch privat versichert. Kann sein, dass der Termin für Sie relativ schnell gegeben wird. <<

>>Vielen Dank, Herr Doktor, ich habe schon im Internet recherchiert und suchte eine Behandlungsstelle. Ich werde da anrufen.

Wahrscheinlich könnte ihr Kollege mir helfen. <<

3.III.

In der letzten Stunde erinnerte Violetta sich noch an ihr Leben und besonders an die Liebe für Alfredo. Parallel zu der Katastrophe in Violettas Haus läuft draußen Karneval. Die Hörner und Flöten spielen lustige Musik.

VIOLETTA

*Lebt wohl, ihr Gebilde, die einst
mich umfangen,
verblüht sind die Rosen der
Wangen.
O wär' nur der eine, wär Alfredo
mir nahe,
dass Trost meine sterbende Seele
empfange,
dass Trost sie empfange.
O gnädiger Himmel, sei du mit mir
Armen,
und schenke dem Herzen
Erbarmen.
Ach, alles, alles, alles schwand
dahin!.*

[VLW 2.]

3.IV.

Thomas wurde am zehnten postoperativen Tag in eine neurologische Reha-Klinik verlegt. Sein Zustand verbesserte sich systematisch. Er konnte schon bereits gut reden und die Kraft in der rechten Körperseite kam langsam zurück. Aber zu äußeren Spaziergängen benutzte er weiter einen Rollstuhl.

Nach einem Monat kamen zwei Kolleginnen: Aishe und Beate, sowie zwei Kollegen: Guido und Paul aus seinem Büro zu ihm zu Besuch. Sie hatten sehr gute Laune, sie haben Thomas sehr begrüßt und geküsst.

>>Wie geht's Dir? <<

>>Oh, Danke, deutlich besser, aber mit der Arbeit konnte ich noch nicht anfangen. Wahrscheinlich werde ich gekündigt und ich muss was anderes im Leben organisieren. <<

>>Thomas, denk positiv! Wir sind sehr zufrieden. Wir haben den Kontrakt gewonnen. Nach dem Ereignis waren wir bei euch zu Hause und deine Ehefrau hat uns alle deine Projekte abgegeben. Du hattest sehr großartige Konzepte und wir haben das weiterbearbeitet.

Wir haben den dicken Kontrakt gewonnen!

Der Chef war mit deinen Projekten sehr zufrieden. Es ging um eine ganze Menge Geld und wir alle haben eine Prämie bekommen. Teilweise hat jeder das Geld für deine Rehabilitation gespendet. Die Verwaltung hat das ganze Geld auf dein Konto überwiesen.

Bleib positiv!

Wir werden auf dich warten, so lange es nötig wird. <<

>>Vielen Dank, aber ihr braucht nicht für mich das Geld zu spenden. Die Behandlung wird von meiner Versicherungskasse bezahlt. <<

>>Ist alles gut, Thomas. Wir haben das spontan von Herzen gemacht. Es ist okay. Und wie geht's deiner Frau? Wir haben gehört, sie war auch krank. <<

Thomas konnte und wollte nicht viel sagen. Er sagte:

>>Ich weiß nicht. Nach der Entlassung aus der Klinik hatte ich mit ihr keinen Kontakt. <<

Die Kollegen wollten auch nicht weiter nachfragen.

>>Wie lange ist dein Aufenthalt hier geplant? <<

>>Insgesamt bis acht Wochen. <<

Die Besucher verabschiedeten sich.

Thomas kam ins Zimmer und schaute in ihrem Surface Pro auf sein Konto. Vor einer Woche wurden auf das

Konto 50.000,00 € von seiner Firma überwiesen worden. Als Verwendungszweck stand: ‚Für Reha'.

Thomas dachte an Annetta. Nach seinem Wunsch hat sie mit ihm keinen neuen Kontakt mehr aufgenommen. Sie wollte ihn auch nicht anrufen oder eine Nachricht senden. Aber heute guckte er auf das Konto und dachte: „Wahrscheinlich braucht sie das Geld. Sie arbeitet momentan nicht. Ihr Konto war fast leer und von mir hat sie auch letzte Zeit kein Geld bekommen."

Er definierte eine Überweisung und hat 20.000,00 € auf ihr Konto überwiesen. Thomas nahm das Handy und schrieb eine SMS an Annetta:

„Annetta, unser architektonisches Projekt hat gewonnen und alle Teilnehmer haben eine Prämie bekommen. Teilweise haben meine Kollegen dazu noch ihren Teil für meine Reha gespendet. Ich brauche so viel Geld nicht und ich habe dir heute 20.000,00 € für deine Behandlung überwiesen.

Alles Gute. Thomas."

Nach 15 Minuten kam eine Antwort:

„Lieber Thomas, Danke für die Überweisung. Ich kann von dem Geld momentan nicht profitieren. Seit zwei Wochen bin ich in einer geschlossenen Behandlung für Alkoholikerin. Die Behandlung dauert sechs Monate.

Die ersten drei Monate darf ich gar nicht nach draußen weggehen. Ich hoffe, deine Rehabilitation läuft gut. Ich freue mich über deinen Erfolg.

Liebe Grüße. Deine Annetta."

Thomas war zufrieden, dass Annetta in stationärer Behandlung ist. Er dachte, sie ist noch eine schöne, intelligente Frau.

Wenn sie gesund wird, findet sie bestimmt ihr Glück mit einem gesunden Partner.

3.V.

Auf der Bühne steigt die Spannung. Annina hatte für ihre Freundin eine gute Nachricht. Zum Besuch wird gleich Alfredo kommen. Violetta, am Ende des Lebens, ist wieder glücklich.

VIOLETTA
Alfredo! Du sahst ihn?
Er kommt! O Freude!
(Annina nickt und geht die Tür
öffnen.)
Alfredo!

ALFREDO
Meine Violetta! welche Freude!
Wie schuldig bin ich, o Teure!

VIOLETTA
So bist du mir zurückgegeben.!

[VLW 2.]

3.VI.

Es war Mitte Oktober. Die Tage waren schon deutlich kürzer. Morgens, wenn schon Sonnenlicht kam, war es jedoch neblig und feucht. Die Tage erwachen langsam. Zur Mittagszeit und am frühen Nachmittag kam sehr oft die schöne Sonne. Es war ein goldener Oktober. Die Bäume und Büsche haben meistens schon ihre Blätter verloren. Die Welt hatte eine goldene-braune Farbe bekommen.

In der dritten Woche des Oktobers, am Mittwoch, wurde Thomas von seiner stationären neurologischen Reha entlassen. Es war eine sehr gute Zugverbindung zwischen der Klinik und Köln.

Sein Allgemeinzustand war sehr gut. Die Reha hat die Gefühle und Motorik des Körpers deutlich normalisiert. Die Sprache hat sich auch sehr verbessert. Thomas sollte ab nächster Woche eine weitere ambulante logopädische Behandlung in der Nähe von seinem Wohnort durchführen.

Er kam zu seiner Wohnung ca. um 12:00 Uhr. Seit mehreren Wochen stand die Wohnung leer. Annetta hat den Kühlschrank und Mülleimer entleert.

Thomas kam rein. Auf dem Esstisch in der Küche lag ein Brief.

„Lieber Thomas, ab 1. September fange ich mit einer stationären Behandlung für Alkoholiker an. Die Behandlung dauert sechs Monate. Aus diesem Grund habe ich bereits zwei Koffer im Schlafzimmer vorbereitet, aber wollte nicht meine Sachen reinpacken, weil im geschlossenen Koffern wären sie in sechs Monaten vergammelt. Ich wurde aufgeklärt, dass ich die ersten drei Monate stationär verbleibe, ohne Möglichkeit nach außen zu gehen. In dieser Zeit kann ich auch keine Päckchen von außen bekommen. Mein Kontakt durch Handy oder Briefe wird streng kontrolliert.

Nach drei Monaten, wenn meine Behandlung gut läuft, werde ich mit dem Betreuer kurz in die Stadt gehen und dann werden auch kurze Besuche von Familie oder Freunden möglich.

Ich hoffe, dass deine Reha Dir viel bringt und Du, wenn möglich, gesund nach Hause kommst. Ich habe volles Verständnis, dass du mit neuem Leben anfangen möchtest, auch mit einer neuen Frau. Mit der Scheidung werde ich dir keine Probleme machen.

Ich liebe dich.

Deine Annetta"

Im Postskriptum gab Annetta die Adresse von der Klinik, Telefon für Chefarzt und Telefon für ihre Psychotherapeutin.

Thomas legte den Brief zurück auf den Tisch und sagte zu sich selbst:

„Annetta, ich wünsche Dir auch alles Gute."

Ich liebe Dich auch."

Thomas wollte einen Kaffee machen, aber auf den Resten von Kaffee in der Maschine wuchs Schimmel. Er wollte eine neue Maschine kaufen. Der Kühlschrank war fast leer. Da waren zwei Kartons mit langer haltbarer Milch und zwei Dosen mit Eintopf. Auf dem Tisch standen drei Flaschen mit Mineralwasser.

Thomas hat seinen Koffer ausgepackt. Er hat schon viele Sachen in der Rehaklinik entsorgt. Aber die gute Bekleidung packte er in die Waschmaschine, welche er angestellt hat.

Thomas bereitete einen Grüntee vor und kam in sein Arbeitszimmer. Sein Schreibtisch war ordentlich aufgeräumt. Er machte seinen Laptop an.

Bereits in der Reha hat Thomas über das Internet einen Microsoft Surface Pro bestellt mit Tastatur und Bluetooth-Maus und konnte seine E-Mail-Post und Nachrichten problemlos bearbeiten.

In seinem Laptop öffnet er die iTunes-App und schaltete die 5. Sinfonie von Ludwig van Beethoven ein. [VM 1.]

Für ihn erzählte die Musik über große Leiden und Schmerzen. Aber im weiteren Verlauf bringt sie eine Erlösung und Hoffnung. Insgesamt klingt sehr positiv aus.

Trinkend Tee machte Thomas eine Einkaufsliste.

Er nahm sein Handy und rief Barbara an. Die Prostituierte hatte seine Nummer erkannt und grüßte ihn.

>>Hallo Thomas, was Neues. <<

>>Hi Barbara, ich bin gerade von der Reha zurückgekommen. Ich wollte mich mit Dir ca. um 19:00 Uhr treffen. Wäre es möglich? <<

>>Ich kann dich heute für 20:00 Uhr als letzten Kunden einladen. Ist das okay? <<

>>Ja, okay, Barbara, super. Dann bis 20:00 Uhr.

Thomas fuhr mit dem Auto ins Einkaufszentrum. In der Galerie hat er kurz Lunch gegessen. Dann besuchte er den ‚Saturn' und hat zwei moderne Kaffeevollautomaten ‚EQ.9 plus connect' von Siemens gekauft. Der Verkäufer half ihm, die Waren ins Auto zu bringen. Dann kaufte er Lebensmittel und paar neue Wäschestücke und Socken.

Aus der Tiefgarage mit dem Aufzug in drei Runden hat er die Waren in die Wohnung gebracht. Es war schon fast 17:00 Uhr.

Er kam eine Etage tiefer und klingelte in der Wohnung von Ewa und Jakub. Jakub öffnete die Tür und begrüßte Thomas.

>>Oh, schön Dich zu sehen. Ich freue mich, dass Du wieder gut laufen und reden kannst. <<

Von der Wohnung rief Eva:

>>Hallo Thomas, alles Gute. <<

>>Ich wollte mich bedanken, dass Ihr mein Leben gerettet habt. Ich bin sehr, sehr dankbar an Euch. <<

>>Thomas, kein Problem, wir freuen uns, dass Du im guten Zustand bist. <<

>>Ich habe ein kleines Geschenk für euch gebracht. <<

Thomas schob von dem Flur eine moderne Kaffeemaschine. Sie waren sehr zufrieden. Als junges Ehepaar konnten sie sich solches Gerät selbst nicht leisten.

>>Komm rein, willst Du was trinken? <<

>>Ja, bitte ein Glas Orangensaft. <<

Thomas hat bemerkt, dass Ewa schwanger ist.

>>Ich gratuliere Euch. Wann kriegen sie den Nachwuchs? <<

>>Oh, das ist noch bisschen Zeit, ca. in vier Monaten. <<

>>Ich habe noch einen Vorschlag. Mein Audi ist vier Jahre alt. Er ist in einem sehr guten Zustand und hat 50.000 km auf dem Tacho. Aber jetzt brauche ich ein neues Auto. Ich wollte einen mit Automatik kaufen. Kommende Woche werde ich ein neues Modell suchen und dann muss man meistens zwei, drei Monate auf das Fabrikat warten. Wenn ich das Auto kriege, werde ich meinen Audi Euch gerne schenken. <<

>>Aber Thomas, ihr Auto ist noch viel wert. Du kannst es als Anzahlung abrechnen. Wir dürfen nicht so teure Geschenke von Dir nehmen. <<

Thomas sagte:

>>Es ist nett, was Du sagst, aber mach Dir keine Sorgen. Geld habe ich genug. Ich glaube, dein alter VW Polo ist für deine wachsende Familie nicht mehr geeignet. Dein Kind wird auch ein größeres, sauberes und sicheres Auto brauchen. <<

Ewa und Jakub waren sehr zufrieden. Thomas hat sich verabschiedet und kam zurück in seine Wohnung.

Er hat die Kaffeemaschine ausgepackt und ausprobiert. Der Cappuccino schmeckte sehr gut. Thomas hat von den neuen Einkäufen auch ein provisorisches Abendbrot vorbereitet.

Er kam pünktlich um 20:00 Uhr zu Barbara. Sie sah sehr attraktiv aus. Ein transparenter Kimono ohne BH, schwarze Strings, Strumpfhosen in Netzform und High-Heel Sandalen. Die Nägel hatte sie diesmal mit schwarzem Nagellack.

Sie begrüßte Thomas sehr freundlich.

>>Und wie geht es Dir. <<

>>Danke, gut. Ich hatte eine Operation und danach mehrere Wochen Reha erlitten. Aber jetzt siehst Du, es ist alles in Ordnung. <<

Thomas zeigte ihr die Narbe auf der linken Halsseite. >>Möchtest du was trinken? <<

>>Ja, bitte bereite für mich ein Glas stilles Mineralwasser vor. <<

Thomas kam in die Dusche. Er wollte prüfen, ob der Schlaganfall seine Sexualfunktion nicht zerstört hat und zweitens, nach mehreren Wochen hatte er schon eine sehr starke sexuelle Spannung.

Barbara war heute für ihn sehr nett und aktiv. Sein Penis kriegte sehr schnell eine starke Erektion. Dann nahm sie ein Präservativ und fing mit dem Verkehr an. Thomas fühlte sich wie im Himmel.

Zum Glück war seine sexuelle Fähigkeit in Ordnung und er wurde von Barbara sehr gut versorgt.

Er trank Wasser. Barbara fragte:

>>Alles in Ordnung? <<

>>Wie Du hörst, meine Sprache ist noch beeinträchtigt. Sonst hast du selbst geprüft, dass mein Glied gut funktioniert. <<

>>Ich freue mich, ehrlich. Und wie geht es deiner Frau? <<

>>Sie ist noch in geschlossener Behandlung. Sie bleibt da noch ein paar Monate. <<

>>Ich wünsche Dir und Ihr alles Gute. <<

Thomas zog sich an und fuhr sehr zufrieden nach Hause.

3.VII.

Annetta und Thomas schauten die Oper mit großer Aufmerksamkeit. Thomas merkte, dass Annetta sehr gespannt und traurig ist. Thomas legte seine linke Hand auf ihren rechten Handrücken. Er wollte, dass Annetta merkte, dass sie in diesem Moment nicht allein ist.

Auf der Bühne kommt eine sehr dramatische Szene. Alfredo bat Violetta um eine Vergebung für ihn und seinen Vater.

VIOLETTA
Lebend hast du mich noch
gefunden,
doch trag' ich den Keim des Todes
in mir.

ALFREDO
Vergiss, o Engel, deine Leiden,
dem Vater verzeih und mir auch.

VIOLETTA
Was soll ich dir verzeihen?
Ich bin die Sünderin, die
Verzeihung braucht.

ALFREDO, VIOLETTA
Nichts mehr auf Erden, mein
teurer Engel,
soll mich jemals von dir trennen..

[VLW 2.]

3.VIII.

Am folgenden Tag nach dem Frühstück, ca. um 10:00 Uhr, schrieb Thomas eine SMS an Annetta.

„Hallo Annetta, ich bin bereits zu Hause, darf ich dich anrufen."

Nach 15 Minuten kam eine Antwort.

„Super, ich bin jetzt bei der Therapie, ich rufe dich um 16:30 Uhr an."

Thomas nahm den Staubsauger und hat die Wohnung komplett aufgefrischt. Als Lunch hat er eine Schüssel mit Porridge vorbereitet.

Dann rief ihn sein Chef vom Büro an. Der Chef war sehr zufrieden, dass Thomas wieder gesund wird. Er informierte ihn auch, dass im Büro alles gut läuft. Das Projekt in Dubai läuft hervorragend und das Büro ist fertig für neue Projekte. Thomas sagte ihm, dass er noch eine ambulante Behandlung braucht und er schätzte, dass er mit der regulären Arbeit in ca. zwei Monaten anfangen kann. Jedoch ist er bereit, ein grobes Konzept schon von zu Hause zu machen. Der Chef war sehr zufrieden und sagte:

>>Alles in Ordnung, ich werde mit Dir den Kontakt halten. <<

Um 16:30 Uhr rief Annetta an. Ihre Stimme war sehr freundlich und positiv.

>>Oh mein Thomas, ich freue mich, dass du wieder zu Hause bist. Wie geht es Dir? <<

>>Danke Annetta, es ist alles in Ordnung. Was kann ich für dich tun? <<

>>Momentan nicht viel, weil ich noch die strenge geschlossene Behandlung habe. Wenn Du Lust hast, dann kannst Du in drei Wochen einen ersten Besuch planen. Es wäre am Samstag zwischen 13:00 Uhr und 17:00 Uhr möglich. Überlege Dir das. <<

>>Ich werde natürlich gerne zu Dir kommen. Ich habe jetzt viel Zeit. Kannst Du mir eine Liste senden, welche Sachen Du brauchst. <<

>>Gerne Thomas, dann bereite ich das vor. Jetzt muss ich schon den Anruf beenden. Ich rufe dich am Anfang nächster Woche an. Bis bald. <<

>>Ja, bis bald. <<

3.IX.

Thomas nahm regelmäßig Medikamente und wurde ambulant logopädisch weiter behandelt. Einmal pro Woche besuchte er auch Barbara. Er wollte, dass sein Körper voll normalisiert wird.

Nach drei Wochen fuhr er mit dem Auto zur psychiatrischen Klinik, wo Annetta in Behandlung war. In einem Koffer hatte er für sie die bestellten Sachen gebracht. An der Pforte wurde kontrolliert, ob er Alkohol oder Drogen dabeihatte.

Annetta als privat versicherte Patientin hatte ein komfortables Zimmer mit eigener Dusche und Toilette. Aber in der Klinik hatten eigentlich fast alle Zimmer diesen Standard.

Im Zimmer küsste Annetta Thomas intensiv und sagte: >>Thomas, ich warte schon so lange auf Dich. <<

Sie zog schnell ihre Bluse und Hose aus und stand nackt nur mit einem Slip. Thomas schaute auf ihren Körper und wusste, dass der nächste Schritt ihm gehört.

Er umarmte sie sehr eng und merkte ihre Brüste auf seinem Brustkorb. Er küsste ihren Mund und ihr Gesicht sehr intensiv. Dann ist er nach unten gefahren und küsste ihre Brüste. Er zog ihren Slip aus und wollte ihren Schambereich küssen.

Annetta sagte:

>>Warte, Thomas, wir gehen kurz unter die Dusche. <<
Annetta ging ins Bad. Thomas hat sich komplett
ausgezogen und kam dann nach.

Ihr Körper war schon nass und sauber. Sie nahm die
Dusche und wusch seinen Körper und Rücken. Thomas
nahm die Dusche und erwärmte ihren Rücken. Dann
sind beide zurück ins Zimmer gegangen.

Weil der Sex verboten war. Sie nahmen die Matratze
von dem Bett auf den Boden und fingen mit intensivem
Geschlechtsakt an. Für Annetta war das der erste
Geschlechtsverkehr seit mehreren Monaten. Ihre
Schwellkörper waren voll. Die Scheide war feucht.
Thomas massierte sehr intensiv ihre Brüste und küsste
überall ihren Körper. Annetta massierte mit ihren
Füßen die Waden von Thomas.

Der Orgasmus war sehr intensiv. Die beiden waren sehr
glücklich und entspannt. Beide nahmen die Position auf
der Körperseite ein und schauen in ihre Gesichter.

Thomas sagte:

>>Vergib mir, Annetta, dass ich so unangenehm für
Dich war. Aber das war der Affekt nach meinem
Schlaganfall. Ich war sehr zufrieden, als Du mich
besucht hast direkt nach meiner Operation und Du sahst

im gelben Shirt und roten Rock sehr attraktiv aus. Aber ich war so böse auf Dich. <<

>>Thomas, ich bin froh, dass ich wieder mit Dir Leben kann. Es waren schlechte Zeiten für uns. Aber ich glaube, wir haben beide sehr viel gelernt. Wenn Du willst, werde ich weiter Deine Ehefrau sein. <<

Thomas:

>>Natürlich will ich, aber ich muss Dir eine Wahrheit sagen. <<

>>Ja, bitte. <<

>>Unser Sexualleben war weg und nach meinem Schlaganfall hatten wir auch überhaupt keinen Kontakt miteinander. Ich habe eine Prostituierte Barbara kennengelernt. Ich musste einfach meine sexuelle Spannung irgendwo ableiten und eine Masturbation war für mich auch keine gute Perspektive. <<

Annetta küsste ihn und sagte:

>>Alles okay, Thomas. Ich habe volles Verständnis. Natürlich, wenn ich faktisch nicht Deine Ehefrau war, das ist klar, dass Du was anderes suchen musstest. Ich finde das auch in Ordnung. Es ist besser, dass Du Kontakte zu einer sauberen professionellen Prostituierten hattest, als wenn Du eine Affäre bei der

Arbeit hast. Das könnte Dein und unser Leben noch mehr komplizieren.

Ich glaube, es wäre gut, wenn wir uns wieder anziehen. Ich bin nicht sicher, ob jemand kommt und uns kontrolliert. <<

Thomas hat den Koffer ausgepackt. Er hat für sie viel neue Wäsche, Strumpfhosen und andere Sachen gebracht. Dazu hat auch ein dunkelblauer Nagellack und ein Nagellackentferner

>>Ich dachte, es wäre wahrscheinlich gut für Dich. <<

Er erklärte ihr auch:

>>Ich habe während des Aufenthalts in Reha dieses Surface Pro von Microsoft gekauft, weil ich da keinen Laptop hatte. Ich kann ihn Dir jetzt hierlassen, Du kannst besser mit dem Surface im Internet recherchieren, Mails lesen usw. Du kannst Dein Handy als Internet HotSpot benutzen. <<

>>Vielen Dank, Thomas. Ich weiß nicht, ob es erlaubt ist. Ich werde nicht fragen und das Surface in der Nacht oder Spätabends benutzen. Sonst verstecke ich es. <<

Der Tag war relativ warm, aber ein typischer Herbsttag. Thomas fragte:

>>Hast Du Lust, noch hier in dem Kurpark spazieren zu gehen? <<

>>Gerne, Thomas. Ich ziehe mich an. <<

Während des Spaziergangs fragte Thomas:

>>Und? Wie sieht es mit Deiner Alkoholkrankheit aus? Fehlt Dir Alkohol? Denkst Du an Alkohol? <<

>>Es ist eine schwere Frage. Eigentlich bin ich zufrieden, dass ich seit mehreren Wochen trocken bin. Am Anfang war es sehr schlecht und ich glaubte nicht, dass ich dauerhaft trocken bleiben könnte. Ganz viele Patienten brachen die Therapie ab, weil sie irgendwo Alkohol konsumiert haben. Viele machen diese Therapie nicht das erste Mal. Für mich ist das Wichtigste die Motivation. Ich will einfach normal leben, normal wieder arbeiten. Ich hatte auch Hoffnung, dass wir wieder zusammen sein werden. Aber ich wusste auch, dass ich eventuell mein Leben weiter allein führen müsse. Und die Trockenheit wäre für mich in diesem Fall umso mehr wichtig.

Die zweite Sache: Jemand muss immer eine Alternative haben. Viele Patienten mit Alkoholproblemen haben Schwierigkeiten, weil sie plötzlich nichts zu tun haben. Die Leute haben kein Hobby, lesen nicht, hören nicht Musik, von der Familie sind sie getrennt, das Sexualleben ist wegen kranker Nerven und Gefäße auch nicht mehr möglich. Also kehren sie zurück zum Alkohol.

Ich habe andere Gedanken: Ich mag Musik, ich mag die Oper. Ich als Lehrerin lerne und lese auch weiter viel. Also ich habe etwas zu tun. Das ist sehr wichtig bei der Therapie.

Nächste Sache: Alkohol als Geschmacks- und Konsummittel ist für mich auch nicht attraktiv. Aber das ist eine individuelle Sache. Ich habe Dich, Du bist ein gesunder, sauberer Mann. Und glaubst Du mir, oral Sex mit Dir schmeckt viel besser. <<

Thomas sagte:

>>Von meiner Seite werde ich Dich auch unterstützen. Ich trinke auch nicht, das erleichtert wahrscheinlich für Dich die Situation. Wir haben auch keine Freunde, welche Alkoholgenuss mögen. Wir werden Situationen wie Hochzeiten oder Anlässe, wo die Leute viel und gerne trinken, vermeiden. Natürlich, Alkohol wird uns beide passiv begleiten. An jeder Tankstelle, in jedem Lebensmittelgeschäft darfst Du Bier und Alkohol kaufen. Alkohol ist legal und bleibt legal. Ich habe generell nicht dagegen. Aber das wird einfach für uns nicht interessant. Wir beide werden nichts konsumieren.

Ich mag auch deinen Körper und küsse gerne deine Klitoris, deine Scheide und schmecke deine Sekretionen.

Wir werden unser Leben neu organisieren, auch bei der Arbeit.

Wir schaffen es! <<

3.X.

Auf die Szene kam Alfredos Vater. Er ist voller Reue und umarmte Violetta als seine Tochter. Alfredo ist verzweifelt und flehte Violetta an, nicht zu sterben.

GERMONT
Ah, Violetta!

VIOLETTA
Ihr, mein Herr?

ALFREDO
Mein Vater!

VIOLETTA
Gedenkt Ihr meiner noch?

GERMONT
Was ich versprochen, halt ich,
als Tochter schließ ich dich ans
Herz,
du edles Mädchen -

VIOLETTA
Weh, mir, Ihr kommt zu spät.
(Sie umarmt ihn.)

Doch ich bin Euch dankbar.
Dr. Grenvil seht, so sterb' ich,
umgeben von allen meinen
Lieben. ...

[VLW 2.]

Aus tiefster Seele wollte Annetta auch Violetta trösten. Als kranke Person weiß sie genau, was es bedeutet, krank zu sein, was es bedeutet, mit chronischer tödlicher Krankheit zu leben.

3.XI.

Nach zwei Monaten hat Thomas wieder im normalen Rhythmus mit der Arbeit angefangen. Das Büro hat immer viele Aufträge. Das Geschäft funktionierte hervorragend.

Thomas hat auch ein neues Modell von Audi mit Vollautomatik und Allradantrieb abgeholt. Das alte Auto hat er, wie versprochen, an Ewa und Jakub verschenkt.

Annetta blieb nach der Kur zunächst zu Hause. Sie besuchte regelmäßig das McFit Fitnessstudio und Kosmetikstudio. Sie wollte wieder sehr attraktiv und sportlich aussehen. Für sie und Thomas war ein sexuelles Leben sehr wichtig.

Nach zwei Monaten hat Annetta einen Anruf von ihrer ehemaligen Schulleiterin bekommen. Sie wollte wissen, wie es ihr geht. Annetta erzählte, dass sie seit mehreren Monaten trocken ist und eine sechs Monate lange stationäre Behandlung erlitten hatte. Sie will wieder als Lehrerin arbeiten, aber eine konkrete Stelle hatte sie noch nicht.

Die Leiterin sagte, dass sie für sie ein gutes Angebot hätte. Ihr Gymnasium braucht wieder eine Mathelehrerin und sie wollte Annetta gerne als erfahrene Lehrerin wiedereinstellen. Aus diesem

Grund wollte sie mit ihr einen Termin verabreden. Annetta war sehr zufrieden.

3.XII.

In der Oper wurde die letzte finale Szene gespielt. Plötzlich fühlt sich Violetta besser. Sie hatte keine Schmerzen, sie hatte eine neue Kraft bekommen. Sie meinte, sie wird gesund und konnte weiterleben. Aber ihr Herz schlägt nicht mehr. Violetta hat keinen Puls und fiel aufs Kanapee zurück. Der Doktor untersuchte sie, aber er hat keine Zweifel mehr.

Gib ihr dies Bild von mir,
tu meinen Wunsch ihr kund;
an Gottes Thron erfleh ich dann
Segen für Euren Bund!

GERMONT
Solang mein Auge Tränen weint,
so fließen sie für dich.
Mit Engeln bist du bald vereint,
Gott rufet dich zu sich.

ALFREDO
Es ist der Tod nicht, nein,
er ruft dich jetzt noch nicht!
O lebe, oder eine Gruft

deckt mich mit dir zugleich.

VIOLETTA (erhebt sich wie mit
neuen Kräften.)
Wie seltsam!
Die Schmerzenswut, die mich
durchwühlt, lässt nach
in mir,
das Leben kehrt wieder, erfüllt
mich mit wunderbarer
Kraft!
Ja, gewiss, ich werde leben!
O Wonne!
(Sie fällt besinnungslos zurück.).

[VLW 2.]

Dr. Grenvil tastete ihr Puls.

Violetta Valéry, 23 Jahre jung, die vom Wege
Abgekommene (italienisch „La Traviata"), ist tot!

Die Oper ging zu Ende.

Der Vorhang fällt.

Stille,

Dunkelheit,

Ruhe und Dunkelheit.

3.XIII.

Annetta und Thomas kamen problemlos nach Hause.

Sie hatten einen sehr sinnlichen Geschlechtsverkehr. Danach blieb Annetta auf dem Rücken und Thomas drehte sich auf die Seite. Er berührte mit seiner Hand ihre Warzen.

Annetta schauend in seine Augen sagte:

>>Thomas, ich habe für dich eine neue Aufgabe. Eine sehr schöne, aber verantwortliche Aufgabe.

Bist du bereit, dass meine schönen Brüste nicht nur für dich da sein werden?

Bist du bereit, dass meine Geschlechtsorgane nicht nur für sexuelle Befriedigung dienen werden?

Bist du bereit, dass ich nicht nur dich lieben werde?

Bist du bereit, dass ich die Nächte nicht nur mit dir verbringen werde? <<

Thomas massierte ihre Brüste und küsste ihren Mund.

Dann sagte er:

>>Annetta, ich bin bereit. Das ist auch mein Traum, mein Wunsch, dass wir ein Kind bekommen. <<

Annetta sagte:

>>Ich liebe dich, Thomas. <<

Sie küsste ihn intensiv.

>>Ich werde mit meiner Frauenärztin einen Termin machen und lasse die Spirale entfernen. Ich werde mit ihr planen den besten Termin für die Schwangerschaft. <<

Die beiden sind nackig eingeschlafen.

Epilog

Vier Jahre später hatten Annetta und Thomas einen schon dreijährigen Sohn. Annetta war wieder schwanger und die Entbindung sollte in drei Monaten stattfinden. Bei der Arbeit war sie wieder eine sehr geschätzte Lehrerin und seit einem Jahr war sie als Stellvertreterin der Schulleiterin tätig.

Das Architekturbüro, wo Thomas angestellt war, wuchs schnell und wurde auf Aktiengesellschaft umgewandelt. Der ehemalige Chef, zwei Architekten und zwei Kolleginnen hatten jeweils 20% Aktien übernommen.

Außerhalb großer Projekte hatte das Büro auch Angebote für private Personen wie Projekte für Einfamilienhäuser, Gartenausstattungen, aber auch sogenannte innere Architektur. Jeder Besitzer hatte einmal pro Woche zwischen 12:00 Uhr bis 16:00 Uhr Termine für eine sogenannte öffentliche Sprechstunde.

Einmal kam dreißigjähriges Ehepaar ins Büro, "Barbara und Markus". Die Frau sah sehr elegant aus. Sie wurde mit einem kurzen grünen Kostüm von

‚SHEIN' und eleganten braunen ‚Amsberg-Pumps'
von Ralph-Lauren-Haus gekleidet. Sie trug auch eine
Brille, sodass Thomas im ersten Moment sie nicht
erkannt hat. Aber ihre Beine machten auf ihn einen
bekannten Eindruck.

Sie kamen rein und haben sich vorgestellt.

>>Ich heiße Barbara und das ist mein Mann Markus.
Wir wollen für unsere Familie ein Haus bauen. <<

In diesem Moment hat Thomas Barbara erkannt und
stellte sich vor:

>>Ich heiße Thomas und bin einer der Inhaber dieses
Büros. Nehmen sie bitte Platz und erzählen sie über
ihren Bedarf. <<

Barbara und Markus hatten schon einen neunjährigen
Sohn und eine vierjährige Tochter. Während der
zweiten Schwangerschaft hat Barbara mit der
Prostitution aufgehört. Eigentlich war sie eine mit der
Hochschulreife gute Psychologin. Seit drei Jahren war
sie als selbstständige Psychologin tätig. Barbara
spezialisierte sich in Ehepaarprobleme und
Sexualwissenschaft.

Über diese Problematik schrieb sie auch einen Blog,
welcher Tausende regelmäßige Zuschauer hatte.

Ein Zitat des Koran:

„Allah ist's, der euch erschuf und alsdann versorgte. Alsdann lässt er euch sterben, alsdann macht er euch wieder lebendig…"

[Koran 30:39] [VLW 1.]

Verzeichnisse:

Verzeichnis von Musik [VM]:

1. Ludwig van Beethoven (1770-1827), 5. Sinfonie c-Moll, Opus 67, Uraufführung 1808,

2. Chubby Cheker, geboren 03.10.194_, der Single „Let's Twist Again" 1961, Autoren: Dave Appel und Kal Mann, Grammy Awards in der Kategorie Beste-Rock-and-Roll-Aufnahme 1962,

3. Bonny Tyler, geboren am 08.06.1951, "Total Eclipse oft the Heart ", 1982, Text und Musik Jim Steinman,

4. Giuseppe Verdi (1813-1901), „La Traviata" (italienisch „Die vom Wege Abgekommene"), eine Oper in drei Akten, Libretto von Francesco Maria Piave nach dem Roman „La dame aux camélias" von Alexandre Dumas der Jüngere (1848), Uraufführung am 06.03.1853,

   [VLW 4.]

Verzeichnis von Literatur, Webseiten [VLW]:

1. „Der Koran", Übersetzung von Max Henning, Vergangenheitsverlag 2010,

   ISBN 9783940621283,

2. http://www.murashev.com/opera/La_traviata_libretto_Italian_German

   Reproduced with express permission from http://www.murashev.com/opera/

3. https://www.songtexte.com/songtext/bonnie-tyler/total-eclipse-of-the-heart-33538029.html

4. www.wikipedia.de

Verzeichnis von Firmen und Marken:

1. ABOUT YOU
2. Anna Field
3. Apple of Eden
4. Arena
5. Audi
6. Boohoo
7. Dove
8. Gabor
9. Gaffel Kölsch
10. Hailys
11. iPhone von Apple
12. iTunes von Apple
13. Ralph Lauren
14. Marie Lund
15. McFit
16. Patrizia Pepe

17. Saturn

18. Siemens

19. SHEIN

20. Surface Pro mit Surface Mause von Microsoft

21. Tymbark

22. Vagisan von Dr. August Wolff GmbH § Co. KG

23. Volkswagen

24. Zalando

Inhaltsverzeichnis: